Amor sin control

MAUREEN CHILD

Harlequin

Editado por HARLEQUIN IBÉRICA, S.A.
Núñez de Balboa, 56
28001 Madrid

© 2010 Harlequin Books S.A. Todos los derechos reservados.
AMOR SIN CONTROL, N.º 67 - 20.7.11
Título original: Claiming Her Billion-Dollar Birthright
Publicada originalmente por Silhouette® Books.

Todos los derechos están reservados incluidos los de reproducción, total o parcial. Esta edición ha sido publicada con permiso de Harlequin Enterprises II BV.
Todos los personajes de este libro son ficticios. Cualquier parecido con alguna persona, viva o muerta, es pura coincidencia.
® Harlequin, Harlequin Deseo y logotipo Harlequin son marcas registradas por Harlequin Books S.A.
® y ™ son marcas registradas por Harlequin Enterprises Limited y sus filiales, utilizadas con licencia. Las marcas que lleven ® están registradas en la Oficina Española de Patentes y Marcas y en otros países.

I.S.B.N.: 978-84-9000-189-9
Depósito legal: B-20180-2011
Editor responsable: Luis Pugni
Preimpresión y fotomecánica: M.T. Color & Diseño, S.L.
C/ Colquide, 6 portal 2 - 3º H. 28230 Las Rozas (Madrid)
Impresión en Black print CPI (Barcelona)
Fecha impresion para Argentina: 16.1.12
Distribuidor exclusivo para España: LOGISTA
Distribuidor para México: CODIPLYRSA
Distribuidores para Argentina: interior, BERTRAN, S.A.C. Vélez Sársfield, 1950. Cap. Fed./ Buenos Aires y Gran Buenos Aires, VACCARO SÁNCHEZ y Cía, S.A.
Distribuidor para Chile: DISTRIBUIDORA ALFA, S.A.

Prólogo

Christian Hanford se negaba a sentarse en el sillón de un hombre muerto; así que, en lugar de tomar asiento, se acercó a la parte delantera de la mesa de Don Jarrod y se apoyó en el borde con inquietud.

El despacho del viejo estaba en la última planta de Jarrod Manor, reservada a las habitaciones de la familia. Todo era lujo en el complejo hotelero de Jarrod Ridge, donde se encontraba la mansión; incluido un despacho que no estaba a la vista del público. Paredes revestidas de madera, alfombras largas y anchas, cuadros originales y una chimenea gigantesca en la que no ardía ningún fuego alentador porque el estío ya había llegado a Colorado.

Suponía que ninguna de las personas que lo acompañaban estaba de humor para ningún tipo de alegría. ¿Cómo podía culparlos? Sólo había transcurrido una semana desde que su padre había fallecido y se sentían como si el suelo hubiera desaparecido bajo sus pies.

Todos los hijos de Don Jarrod se habían marchado hacía años de Jarrod Ridge, buscando su propio camino. Don los había presionado tanto para que tuvieran éxito en la vida que lo único que consiguió fue que se fueran marchando uno a uno. El hecho de que volvieran ahora, cuando ya era demasiado tarde para limar asperezas, resultaba extraordinariamente difícil.

Además, había un detalle que hacía las cosas más difíciles aún. Don se las había arreglado para conseguir, después de muerto, lo que no había conseguido en vida: que sus hijos volvieran a casa y que tuvieran que permanecer en ella. La gigantesca propiedad se iba a dividir a partes iguales entre los hijos, pero con la condición de que residieran allí y cada uno de ellos se responsabilizara de su parte de la herencia.

Como era lógico, ninguno de los hijos de Don se lo tomó bien. El viejo había encontrado la forma de tenerlos bajo control desde la tumba.

Christian los miró y sintió pena por ellos. Había hecho lo posible para convencer a su difunto cliente de que evitara esa condena a sus hijos, pero Don era un hombre obstinado y le hizo jurar a Christian que acataría sus deseos.

Blake y Guy Jarrod, los gemelos, eran los mayores; no se podía decir que fueran idénticos, pero los dos habían heredado la impronta de su padre. Blake era algo estricto y Guy, más informal.

Después estaba Gavin, dos años más joven que los gemelos, que había trabajado varios años con Blake en Las Vegas. A continuación, venía Trevor; siempre había sido el más despreocupado, o al menos lo parecía. Y por último estaba Melissa, la más joven y la única mujer de todos los hermanos; o eso creían todos.

Christian maldijo para sus adentros a Don por haberlo puesto en una situación tan delicada. Desgraciadamente, su cliente y mentor no había dudado en dejarle el trabajo sucio a él.

De pronto, Blake se levantó como si estuviera demasiado inquieto como para permanecer sentado. A pesar de los siete días transcurridos desde el deceso, todos ellos seguían alterados por la muerte de su padre.

Y estaban a punto de recibir un golpe que no imaginaban.

–¿Por qué seguimos aquí, Christian? –preguntó Guy desde su asiento–. Ya has leído el testamento… ¿queda algo por decir?

Christian asintió.

—Sí, queda una cosa.

—¿Todavía hay más? —preguntó Trevor, que miró a sus hermanos—. Yo diría que la situación está bien clara... papá ha encontrado la forma de que volvamos a Jarrod Ridge. Ha logrado lo que siempre quiso.

—No puedo creer que haya muerto —susurró Melissa.

Gavin le pasó un brazo por encima de los hombros y la intentó animar.

—Todo saldrá bien, Mel.

—¿Tú crees? —intervino Blake—. Todos teníamos nuestras propias vidas y ahora debemos abandonarlas y volver a casa.

—Comprendo vuestros sentimientos —dijo Christian con suavidad—. Lo digo sinceramente. Le dije a Don que esto era injusto.

—Y no te hizo caso, claro —dijo Guy.

—Tenía sus propias ideas.

—Como siempre —murmuró Trevor.

—Dejemos de dar vueltas al asunto —declaró Blake en voz alta—. Papá ha dividido la propiedad en cinco partes iguales. ¿Qué puede quedar por decir?

Christian se tomó unos segundos para encontrar las palabras adecuadas.

—Que la propiedad no se va a dividir en cinco partes iguales —respondió al fin—, sino en seis.

–¿En seis? –repitió Gavin, mirando a su alrededor como si estuviera contando las cabezas–. Pero si sólo somos cinco...

–Me temo que no. Don os dejó una última sorpresa –dijo Christian con calma–. Tenéis una hermana más.

Capítulo Uno

–Dile que pase, Monica.

Erica Prentice comprobó que estaba bien peinada y se alisó la parte delantera del vestido negro, sin mangas. Después, giró la cabeza hacia la ventana del despacho y se tomó unos segundos para disfrutar de las vistas al mar.

No es que las vistas fueran una maravilla, a decir verdad, desde su ventana no se veía gran cosa. Erica trabajaba en la planta baja del rascacielos de Brighton and Bailey, una empresa de relaciones públicas de San Francisco. Sin embargo, no le preocupaba demasiado; por muchos años que le costara, demostraría su valía profesional a sus jefes, a su padre y a sí misma.

Pero eso carecía de importancia en ese momento. Estaba a punto de ver a un abogado que se había negado a decir de qué quería hablar con ella. Y eso la ponía nerviosa. Era digna hija de su padre y sabía que los abogados que aparecían de repente no solían ser portadores de buenas noticias. De hecho, consideró la posibilidad de llamar a su padre por teléfono y preguntarle si sabía algo de un abogado de Colorado; pero no le habría dado tiempo.

La puerta del despacho se abrió y ella se dio la vuelta para saludar a la visita.

Cuando lo vio, se quedó pasmada. Era un hombre impresionante. De hombros anchos, piernas largas, mandíbula fuerte, intensos ojos marrones y una boca perfecta que no parecía sonreír a menudo. Llevaba un traje de color azul marino, muy elegante, que enfatizaba la musculatura de su cuerpo.

Erica se recobró inmediatamente y adoptó una pose de seguridad; pero no antes de sentirse tan excitada que parecía que sus venas se hubieran llenado de burbujas de champán.

–Buenos días, señor Hanford. Soy Erica Prentice.

Él cruzó la sala y le estrechó mano, manteniendo el contacto un poco más de la cuenta.

–Gracias por recibirme.

Erica pensó que no le había dejado otra salida. Se había presentado diez minutos antes en la oficina, sin cita previa, y había anunciado que tenía algo importante que comunicarle.

Tras señalar uno de los dos sillones que estaban al otro lado de la mesa, comentó:

–Debo admitir que estoy intrigada. Me extraña que un abogado de Colorado se moleste en venir a San Francisco para hablar conmigo.

Él se sentó y echó un vistazo a su alrededor.

–Bueno, es una larga historia –dijo.

Erica supo que el abogado no se llevaría una gran impresión de su despacho. Era un lugar pequeño y casi claustrofóbico, de paredes beis que ella había decorado con un par de cuadros para aliviar el ambiente sombrío.

Como tantas otras veces, lamentó no poder trabajar en el Prentice Group, la empresa de la familia. Sus hermanos mayores dirigían los distintos departamentos, pero su padre no había querido darle un puesto a ella. Al fin y al cabo, nunca habían mantenido una relación precisamente estrecha.

Erica dejó de pensar en sus problemas familiares y se concentró en el problema más inmediato. Christian Hanford era tan atractivo que deseó que el encuentro se alargara indefinidamente, pero no tenía tiempo para eso. Estaba muy ocupada y sólo le podía conceder unos minutos.

Se inclinó hacia delante, cruzó las manos sobre la mesa y sonrió.

–Si su historia es tan larga, tendrá que esperar a otro día. Tengo una reunión dentro de quince minutos. Le ruego que sea breve.

Él la miró intensamente.

–Represento los intereses de Donald Jarrod.

–¿Jarrod? –dijo ella, intentando recordar–. Jarrod, Colorado... ¿Se refiere al dueño del complejo hotelero de Aspen?

Él sonrió levemente y asintió. Después, alcanzó el maletín que había dejado en el suelo, se lo puso en el regazo, lo abrió y sacó una carpeta que dejó en la mesa.

–En efecto –contestó.

Confundida y picada en su curiosidad, Erica alcanzó la carpeta y sacó el documento que contenía.

–¿Un testamento? –preguntó–. ¿Por qué me da el testamento de ese hombre?

–Porque usted es una de las beneficiarias.

Erica volvió a mirar el documento y volvió a mirar al abogado. No entendía nada.

–Esto no tiene sentido –murmuró–. No conozco a Donald Jarrod. ¿Por qué me ha incluido en su testamento?

Las facciones de Christian Hanford se volvieron más duras, pero Erica tuvo la sensación de que en sus ojos brillaba un fondo de simpatía.

—Como ya he dicho, es largo de contar.

Christian alcanzó el documento y lo guardó en el maletín. Erica lo lamentó; quería leerlo con detenimiento. Pero evidentemente, los planes del abogado eran distintos.

—Tal vez deberíamos reunirnos en otro momento —continuó—. Si tiene poco tiempo, no la quiero molestar.

—Tiempo... sí, sí, claro —acertó a decir—. Yo...

—¿Sí?

—Disculpe mi reacción. Estoy muy confundida —admitió—. Quizás, si me diera más detalles...

—Es mejor que lo sepa todo de golpe. Sería absurdo que empiece si tengo que marcharme antes de terminar.

Él se levantó y ella lo miró con extrañeza. Tenía la sensación inquietante de que, cuando aquel hombre le contara su historia, su vida no volvería a ser la misma.

En ese preciso momento, supo que no podría trabajar ni reunirse con nadie si tenía un misterio como ése pendiendo sobre su cabeza. Se conocía lo suficiente como para saber que no podría pensar en otra cosa.

Se levantó con rapidez y dijo:

–Pensándolo bien, deberíamos hablar cuanto antes. Si me concede media hora para arreglar mis asuntos, nos podríamos reunir en...

Erica se detuvo. No quería invitar a un desconocido a su casa ni quería hablar con él en el despacho.

–¿Qué le parece si almorzamos juntos? –dijo el–. Puedo volver dentro de una hora.

Ella asintió.

–Me parece perfecto.

Cuando él se marchó, ella respiró hondo y se intentó tranquilizar.

Estaba tan profundamente confundida que volvió a pensar en llamar a su padre y pedirle consejo. Pero sabía lo que le diría. Walter Prentice no había educado a sus hijos para que dependieran de él. Debían ser independientes y tomar sus propias decisiones.

No tenía más remedio que afrontarlo sola y cancelar sus citas.

Pulsó el botón del intercomunicador. Monica, su secretaria, apareció unos segundos después y preguntó:

–¿Qué quería esa maravilla de hombre?

Erica suspiró. Más que una secretaria, aquella mujer de ojos azules era su amiga.

Tenían una relación tan buena que salían a cenar y a tomar copas juntas. Pero esa mañana, no estaba de humor para aguantar sus bromas.

—No tengo ni idea —contestó.

La sonrisa de Monica desapareció de inmediato.

—¿Te encuentras bien?

—Te lo diré más tarde... de momento, necesito que canceles todas mis reuniones. Ha surgido algo importante.

—Como quieras. ¿A qué día te las paso?

—Al que puedas; pero que sea cuanto antes —respondió—. Si es necesario, trabajaré turnos dobles para recuperar el tiempo perdido.

—Veo que no exageras al decir que es importante... ¿seguro que estás bien?

—Sinceramente, no lo sé.

Por el nudo que se le había hecho en la garganta, Erica supo que las cosas se iban a complicar. Y que no podía hacer nada al respecto.

Christian la estaba esperando cuando Erica salió del ascensor y cruzó el vestíbulo del edificio de oficinas. En cuanto la vio, se estremeció por dentro. Ya le había pasado antes, en el despacho. Le bastó con mirar sus ojos de color ámbar para saber que aquella mujer le podía complicar la vida.

Y no se la quería complicar. Ahora estaba donde quería; había conseguido una posición acomodada y más dinero del que podía gastar en dos vidas enteras. No se había matado a trabajar durante años para tirarlo todo por la borda porque su cuerpo se sentía atraído por una mujer por la que no debía.

Erica Prentice no era para él; Erica Prentice era hija del hombre que había sido su cliente más importante. Y dado que era hija biológica de Don, su puesto de trabajo estaría en peligro si cometía el error de confraternizar con un miembro de la familia Jarrod.

Mientras caminaba hacia él, la admiró. Era baja, pero con muchas curvas. Tenía ojos de color ámbar, una melena de color castaño claro que le llegaba a los hombros y una boca con tendencia a torcerse por un lado, como si no supiera si sonreír o no.

Christian sintió el deseo de abrazarla, pero se contuvo. Hablaría con ella y se marcharía rápidamente al aeropuerto, donde le esperaba un avión.

–Siento llegar tarde –se disculpó ella.

–No se preocupe.

Durante un momento, él estuvo a punto de estrecharle la mano otra vez para sentir su contacto. Sin embargo, sacudió la cabeza y añadió:

–He visto que justo enfrente hay un restaurante. Si le parece bien, podríamos comer algo mientras le explico la situación.

–De acuerdo.

Cuando salieron del edificio, Erica se detuvo para apartarse el pelo de la cara. Se había levantado viento.

–Antes que nada, tengo una duda que tal vez me pueda aclarar –dijo ella–. ¿Su historia me va a hacer feliz? ¿O me va a cambiar la vida?

Christian la miró a los ojos y contestó:

–Me temo que las dos cosas.

Capítulo Dos

–No puede ser. Esto es una locura –dijo Erica quince minutos más tarde.

El restaurante se encontraba en una esquina del centro de San Francisco. La temperatura que hacía era tan buena que, en otras circunstancias, se habrían sentado en la terraza; pero el viento resultaba tan molesto que se acomodaron en el interior del local.

Erica volvió a mirar al abogado y repitió las mismas palabras de antes.

–No puede ser. Esto es una locura... Yo no soy la hija ilegítima de Donald Jarrod.

El camarero apareció entonces para tomarles nota y ella se ruborizó. A fin de cuentas, era clienta habitual del Fabrizio, uno de sus restaurantes favoritos. Si el camarero la había oído y lo contaba por ahí, la gente empezaría a hablar y a hacer conjeturas.

Supuso que era inevitable que la gente hablara de todas formas. Los Jarrod eran tan famosos como los Prentice. Más tarde o más temprano, se convertiría en la comidilla de la prensa del corazón. Incluso si la noticia de Christian Hanford resultaba ser falsa.

Ni siquiera se atrevió a pensar en lo que pensarían su padre y su madrastra, Angela. Walter Prentice odiaba los escándalos. No le gustaría que los trapos sucios de la familia se airearan en público.

–Un té helado para la señorita y un café para el caballero –dijo el camarero mientras les servía–. ¿Ya saben lo que quieren comer?

–No. Denos unos minutos, por favor –contestó Christian.

–Tómense el tiempo que quieran.

El camarero sonrió y se marchó, dejándolos a solas con la carta de comidas.

Pero Erica era incapaz de pensar en comida. Alcanzó el té, echó un trago largo y dejó el vaso en la mesa. Después, se inclinó hacia delante y declaró en voz baja, para que nadie la oyera:

–No sé de qué va esto ni qué pretende, pero…

–Si me concede unos minutos, se lo intentaré explicar.

Erica supo que Christian estaba tan incómodo como ella. Él también quería levantarse de la mesa, salir corriendo y desaparecer entre la multitud. Pero no era una opción posible, de modo que mantuvo el aplomo.

–Comprendo que la noticia la habrá sorprendido –declaró él

–¿Sorprendido? Me sorprendería si fuera verdad.

–Es verdad, señorita Prentice. ¿Cree que habría viajado a San Francisco para gastar una broma de mal gusto a una desconocida?

–No sé qué pensar. Puede que pretenda extorsionarme o algo así.

Christian la miró indignado.

–Soy abogado. Estoy aquí en representación de un cliente fallecido, de un hombre que me pidió que viniera a verla y le diera la noticia en persona.

Erica asintió. Sabía que se había excedido con él.

–De acuerdo; estoy dispuesta a admitir que no es una broma. Pero tiene que ser un error. Yo soy hija de Walter Prentice.

–No, no lo es. Tengo documentación que lo demuestra.

Ella respiró hondo y se preparó para lo que pudiera pasar. Si aquello era un error, lo descubriría en seguida; si era verdad, necesitaba ver las pruebas.

–Demuéstrelo.

Christian rebuscó en su maletín y sacó un

sobre más pequeño que la carpeta que le había enseñado en el despacho. Erica lo tomó con desconfianza, como si contuviera un explosivo; pero al final lo abrió y sacó las tres hojas que contenía.

La primera era una carta dirigida a Don Jarrod y firmada por una mujer, la madre de Erica. Cuando la vio, sintió una punzada en el pecho. Danielle Prentice había fallecido en el parto, pero había leído sus diarios muchas veces y reconoció su letra enseguida.

La carta decía así:

Querido Don:
Quiero que sepas que no me arrepiento del tiempo que hemos estado juntos. Aunque lo nuestro no podía durar mucho, siempre te recordaré con afecto.
Dicho esto, espero que entiendas que no puedes reclamar la paternidad de Erica. Walter me ha perdonado y me ha prometido que cuando nazca la querrá igual que si fuera hija suya; tanto como al resto de mis hijos. Te ruego que te mantengas al margen y que nos dejes seguir con nuestras vidas. Es lo mejor para todos.
Con amor,
Danielle

***

Erica pasó un dedo por el papel; como si al tocar la tinta, pudiera tocar a su madre. En ninguno de los diarios de Danielle se insinuaba que hubiera tenido una aventura con Don Jarrod; pero aquella carta era tan concluyente y explícita que tuvo que parpadear varias veces para contener las lágrimas.

Ahora lo entendía todo.

Walter nunca había sido un hombre afectuoso con sus hijos; pero con ella, lo era aún menos. Había mantenido una actitud especialmente distante a lo largo de los años porque sabía que no era hija suya y porque le recordaba la infidelidad de su difunta esposa.

Christian permaneció en silencio, lo cual le agradeció. Si hubiera dicho algo para intentar animarla, ella habría perdido el control y se habría puesto a llorar.

–¿Cómo sé que mi madre es la autora de esta carta? Podría ser una falsificación.

–Podría ser, pero ¿qué ganarían los Jarrod con ello? Pregúnteselo un momento, por favor. ¿Qué motivo podrían tener para mentir?

–Lo desconozco –admitió.

Él probó su café y dijo:

–Lea los otros documentos.

Erica no quería leer nada. Si hubiera sido

posible, habría fingido que Christian Hanford no existía, que no se había presentado en su despacho y que no se había sentado con él en el restaurante; pero obviamente, era imposible.

Alcanzó el segundo papel y se quedó helada.

Era una carta de su padre a Donald Jarrod; una carta de pocas líneas que, no obstante, bastaron para disipar sus dudas.

Jarrod:
Mi esposa ha fallecido durante el parto de tu hija. Pero no te equivoques; esta carta será lo único que tengas de la niña. Si intentas acercarte a ella, me encargaré de que te arrepientas.
Walter Prentice.

–Oh, Dios mío...
–Lamento que esto sea tan duro para usted –dijo Christian.

Erica lo miró a los ojos y supo que era sincero. Pero su preocupación no cambiaba las cosas.

–No sé qué decir – susurró ella, sin dejar de mirar la carta de su padre.

Ahora estaba completamente convencida. La letra de Walter era inconfundible; hasta sus propios hermanos decían que una letra tan espantosamente horrible era imposible de imitar.

Pero sus hermanos ya no eran sus hermanos. De repente, se habían convertido en sus hermanastros.

–Señorita Prentice... ¿le importa que la tutee?

Ella sacudió la cabeza.

–Sé que esta situación es extraordinariamente difícil para ti –continuó.

–Ni te imaginas cuánto.

–No, supongo que no me lo puedo imaginar. Pero quiero que sepas que tu padre biológico lamentaba no haberte podido conocer.

–¿En serio?

Erica sacudió la cabeza. Se preguntó cómo sería Donald Jarrod y por qué había cedido tan fácilmente a las presiones de Walter y de su propia madre.

Christian pareció adivinar sus pensamientos, porque declaró:

–La esposa de Donald, Margaret, murió de cáncer y lo dejó con cinco niños a su cargo. La más pequeña de todos, Melissa, sólo tenía dos años.

–Melissa... mi hermana.

–En efecto. Y está deseando conocerte. Cuando lo supo, se llevó una gran alegría; ya no será la única chica de la familia.

–Qué curioso. Yo también he sido la única chica de mi familia... O eso creía, por supuesto. Parece evidente que los Prentice no son mi familia.

En ese momento, una nube cubrió el sol y oscureció la calle. Erica se estremeció.

–Don conoció a tu madre en un momento muy complicado de su vida –dijo él.

–Sí, claro; supongo que eso lo explica todo –ironizó.

–Me limito a decirte lo que Don me contó a mí. Sabía cómo reaccionarías cuando supieras la verdad.

–Me sorprende que le importara... Esto es absurdo. Mi padre biológico no me dedicó una sola palabra cuando estaba vivo y, de repente, aparece cuando ha muerto.

–Don mantuvo las distancias porque no quería complicarte la vida.

–¿Complicármela? Eso es quedarse corto.

–Exacto –dijo Christian–. Pero no creas que no le importabas. Traté con él durante muchos años y te aseguro que la familia era lo más importante para él. Se desesperaba al pensar que estabas tan cerca y tan lejos de su alcance.

–Pero la amenaza de Walter funcionó. Donald se mantuvo lejos de mí para evitar un escándalo –afirmó.

—Creo que te equivocas, a Don no le importaba en absoluto lo que los demás pudieran pensar de él. Estoy convencido de que aceptó esa situación por respeto a los deseos de tu madre y también por respeto a ti. Como ya he dicho, no quería complicarte la vida.

—Y sin embargo...

Christian sacudió la cabeza.

—No lo juzgues mal, Erica. Don te quería mucho. Antes de morir, me lo contó todo para que tuvieras información de primera mano.

—Ya. Pero no fue capaz de venir a verme ni cuando se estaba muriendo.

Christian frunció el ceño.

—En eso tienes razón. Yo mismo se lo hice ver... le dije que tenía que hablar contigo. Pero se negó a romper su palabra después de tanto tiempo. Había prometido a Walter que se mantendría lejos y cumplió la promesa a pesar de que le partía el corazón.

—Ah, la palabra... supongo que también tendré que aceptar la tuya en ese sentido.

—Supongo que sí.

El camarero volvió a aparecer para tomarles nota; pero aún no habían decidido y se volvió a marchar.

—Hazme un favor —continuó Christian—.

Lee la última carta antes de sacar conclusiones.

Erica no quería leer nada más. Ya sabía más de lo que quería saber.

Pero la curiosidad se impuso.

Cuando alcanzó el papel y vio la firma, no le sorprendió. Ya había imaginado que sería una carta de Donald Jarrod.

Mi querida Erica:
Sé cómo te sientes en este momento y no te culpo. Pero créeme, por favor; si hubiera podido, te habría amado tanto como amé a tu madre.

Las personas no son perfectas; ni siquiera lo son los padres. Todos cometemos errores que querríamos corregir si fuera posible. Ésta es mi oportunidad. Ven a Colorado. Conoce a tu otra familia. Y espero que, algún día, seas capaz de pensar en mí con cariño.

Tu padre,
Donald Jarrod

Los ojos de Erica se volvieron a llenar de lágrimas. No había conocido a su madre; había crecido con su madrastra, Angela, quien siempre había sido tan distante con ella como su padre, Walter. Y ahora resultaba que ni siquiera era su padre.

—¿Has leído estas cartas?

—No. Don las metió en el sobre y lo cerró. Ha permanecido cerrado hasta ahora.

Erica lo miró a los ojos.

—¿Eso también tengo que creérmelo?

—Yo no te mentiría, Erica. De eso puedes estar segura.

Erica ya no estaba segura de nada; al fin y al cabo, acababa de descubrir que toda su vida había sido una mentira.

Empezó a sentir dolor de cabeza y supo que iría a peor. Había llegado el momento de poner punto final a la reunión con Christian. Necesitaba marcharse, estar sola, pensar, intentar encontrar sentido a aquella situación.

—Está bien; digamos que te creo y que creo que soy hija de Donald Jarrod. ¿Qué va a pasar ahora? —preguntó.

Christian abrió el maletín y sacó la carpeta que le había enseñado en el despacho.

—Como beneficiaria del testamento de Don, recibirás tu parte correspondiente de sus propiedades.

—¿Cómo?

Él sonrió.

—Sus propiedades se han dividido a partes iguales entre sus seis hijos.

Erica suspiró y echó un trago de su té helado.

–No quiero ni pensar lo que pensarían los Jarrod cuando supieron de mi existencia durante la lectura del testamento.

–Bueno, reaccionaron de la forma que cabía esperar... se llevaron una buena sorpresa.

–Ya tenemos algo en común –ironizó.

Christian empujó el sobre hacia ella y dijo:

–Tenéis más en común de lo que imaginas. Pero me temo que tu herencia está sujeta a una condición.

–Eso tampoco me extraña –murmuró.

–Todos los hijos de Don quedáis obligados a mudaros a Aspen y a dirigir los negocios de la familia. En caso contrario...

–En caso contrario, no heredaremos nada.

–Así es.

–Mudarme a Aspen...

Erica contempló la ciudad donde había crecido, la ciudad de acero y ladrillo que tanto amaba. El sol aparecía y desaparecía entre las nubes, como si estuviera jugando con ellas, y la gente paseaba por las calles mientras intentaba evitar el tráfico.

San Francisco era su hogar.

Además, no sabía nada de Colorado.

Pero supo que tenía que ir. Y se preguntó cómo reaccionaría Walter y los demás cuando lo supieran.

***

Christian la miró y supo que estaba confundida. Era perfectamente normal. Le había contado una historia que derrumbaba todos los cimientos de su existencia y ponía en duda todo lo que Erica había conocido en su vida.

Pero odiaba con todas sus fuerzas ser el portador de semejante noticia. Odiaba que Don le hubiera encargado una misión tan desagradable.

Tras un par de minutos en los que se mantuvo, dijo:

—No es necesario que decidas ahora mismo.

Ella sonrió con debilidad.

—Me alegro, porque no podría.

Christian asintió y apuntó su número de teléfono móvil en la parte posterior de una tarjeta, que le dio a continuación.

—¿Por qué no te tomas unos días para pensarlo? Es una seria decisión. Cuando sepas lo que quieres hacer, llámame... de todas formas, no hay prisa; faltan un par de semanas para que se cumplan las disposiciones del testamento. Aprovecha ese tiempo para tomar una determinación.

Ella miró la tarjeta y la acarició de un modo tan sensual que Christian sintió un escalofrío y cambió de posición, nervioso, para que ella no se diera cuenta.

No quería sentirse atraído por ella. No quería desearla. Desgraciadamente, el deseo estaba allí y crecía a cada minuto que pasaba. De haber sido posible, la habría invitado a comer en algún restaurante de lujo y luego la habría llevado a la habitación de su hotel para hacerle el amor durante horas.

Si hubiera sido otra mujer, lo habría hecho sin dudarlo.

Pero era Erica Prentice y estaba fuera de su alcance; sobre todo, si aceptaba los términos del testamento y se marchaba a vivir con su familia biológica.

–¿Una decisión? –preguntó ella con suavidad–. Los dos sabemos que sólo puedo tomar una decisión.

–Ya me lo imaginaba. Te marcharás a Aspen.

–Qué remedio.

Christian le dedicó una sonrisa de aprobación.

–Te pareces mucho a tu padre, ¿sabes?

–¿A cuál?

–¿Eso importa?

Christian observó a la mujer que estaba sentada ante él e intentó refrenar sus sentimientos. Nunca había sentido una atracción sexual tan inmediata; le desconcertaba tanto que no se podía concentrar.

La cara de Erica era un libro abierto; todas sus emociones estaban escritas en ella. Y le gustaba lo que veía. Erica no tenía artificios; era lo que aparentaba ser.

Y también era fuerte. La mayoría de las mujeres se habrían hundido al recibir una noticia como ésa, pero ella la había encajado con aplomo. Ni siquiera había llorado. Era evidente que sabía controlarse y que no huía de los desafíos; virtudes ambas que le serían de gran ayuda cuando llegara a Aspen.

El encuentro con su familia iba a ser difícil, aunque él estaba dispuesto a ayudarla. Christian esperaba que sus hermanos reaccionaran con asombro y perplejidad al saber de su existencia, pero no esperaba la hostilidad de Blake y de Guy. Si se empeñaban en castigar a Erica por el rencor que sentían hacia su padre, tendría que pararles los pies.

Cuando fue consciente de lo que estaba pensando, se llevó una sorpresa. Sentía la extraña necesidad de protegerla.

–¿Hay algo más que debas contarme?

Él sacudió la cabeza.

—No. ¿Por qué lo preguntas?

—Porque tu expresión ha cambiado durante unos momentos. Me ha parecido... feroz.

Christian no lo podía creer. Era famoso por su cara de póker, pero aquella mañana no controlaba bien sus emociones.

—Ah, no, no es nada... Estaba pensando en un asunto que debo resolver cuando regrese a Aspen —afirmó.

—¿Tú también vives allí?

Christian sonrió.

—Sí; tengo una casa en los terrenos del complejo hotelero. Don quería que su abogado viviera cerca de él.

—Es conveniente.

—Lo fue —dijo, encogiéndose de hombros—. Crecí en Aspen y empecé a trabajar en la empresa de los Jarrod cuando sólo era un adolescente.

—Entonces, conocerías muy bien a Don...

—Desde niño.

—Y también a sus hijos, por supuesto.

—Por supuesto —repitió—. No jugaba con ellos durante mi infancia, pero los llegué a conocer bien con el paso del tiempo.

—¿Cómo son?

Christian miró al camarero, que parecía

haber renunciado a la posibilidad de tomarles nota.

—¿Qué te parece si comemos algo mientras hablamos?

—No tengo hambre, gracias —dijo ella.

—¿Estás segura?

—Completamente. Pero dime, ¿cómo se han tomado la noticia? ¿Se han enfadado mucho? ¿Me enfrentaré a un pelotón de ejecución cuando llegue a Colorado?

—No, no será tan dramático. Admito que su sorpresa no fue menor que la tuya, pero son buena gente; lo asumirán.

Ella respiró hondo y soltó el aire.

—Supongo que todos tendremos que asumirlo.

Christian admiró su fortaleza.

—Sinceramente, me sorprende lo bien que te lo has tomado. Imaginé que te negarías a creerlo y que tendría que ser muy convincente contigo.

Erica sacudió la cabeza y tardó unos segundos en hablar.

—Acabo de descubrir que toda mi vida se asienta en mentiras. Y tengo que saber la verdad —afirmó, mirándolo a los ojos—. No espero que lo comprendas, pero necesito ir a Aspen. No es por la herencia; el dinero de Don Jarrod no me preocupa. Es por mí.

Tengo que ir porque necesito saber quién soy.

Christian sintió el deseo de inclinarse sobre la mesa y tomarla de la mano. Era un deseo tan intenso que la piel le ardió, ansiando su contacto; pero encontró las fuerzas necesarias para contenerse y para hablar con un tono de voz deliberadamente profesional.

–Lo comprendo. Necesitas conocer tus dos vidas para saber cuál quieres.

Ella ladeó la cabeza y lo observó con detenimiento.

–Sí, ya veo que lo comprendes...

Él no dijo nada.

–Hasta esta misma mañana, estaba convencida de que mi vida era aburrida; de que era una vida llena de rutinas, sin más complicaciones que los problemas del trabajo –continuó Erica–. Ahora, ya no sé qué pensar.

–Hazme caso y tómate unos días. Luego, ve a Aspen y conoce a tu familia. Pero no tomes decisiones apresuradas... a fin de cuentas, se trata de tu vida.

Ella asintió, pensativa.

–Antes de ir, tengo que hablar con mi padre. Quiero saber lo que piensa de todo esto.

–Es natural.

Erica se levantó de la silla y le ofreció la mano. Él se incorporó y se la estrechó, pero la retiró inmediatamente porque casi le quemaba.

–No volveré a Aspen hasta mañana. Si tienes alguna duda, puedes localizarme en el hotel Hyatt, en Embarcadero –continuó.

–Ah, el Hyatt... –dijo ella con una sonrisa–. Me encanta ese hotel.

–Tiene una vista preciosa de la bahía.

Mientras ella recogía el bolso, la carpeta y el sobre con las cartas, él dijo:

–Llámame cuando estés preparada para viajar a Colorado. Te diré cómo están las cosas por ahí.

Erica guardó la carpeta y el sobre en el bolso, que se colgó del hombro.

–Lo haré... en fin, supongo que nos veremos pronto.

Él asintió y permaneció en el sitio mientras ella se alejaba.

El sol, que había vuelto a salir, le iluminaba el cabello. Además, Erica movía las caderas de un modo tan sensual que no tuvo más remedio que disfrutar de la visión.

Sabía que no se volverían a ver hasta que llegara a Aspen. Entonces, estaría rodeada de sus hermanos y él tendría que mantener las distancias.

La perspectiva le disgustó profundamente. Don había roto muchos platos y le había dejado el desagradable deber de limpiarlos; pero jamás habría imaginado que resultaría tan difícil.

Capítulo Tres

Erica siempre se ponía nerviosa cuando entraba en la sede del Prentice Group; pero era una reacción normal. Walter Prentice quería impresionar a los clientes y competidores posibles; quería que se sintieran intimidados por el contexto físico, para tener una ventaja psicológica sobre ellos.

El edificio era una torre gigantesca de cristal y acero. Los cristales ahumados de las ventanas mantenían el sol a raya e impedían que se viera el interior desde la calle. Por si eso fuera poco, la decoración interior resultaba tan poco amigable como el propio Walter; las paredes blancas, los suelos de baldosas frías y el mobiliario minimalista del vestíbulo se repetían en todas las plantas.

El dueño del Prentice Group siempre había creído en la máxima de que la percepción lo es todo. Creaba una imagen para el mundo y conseguía que esa imagen se volviera realidad.

Al pensar en su padre, o al menos en el

hombre a quien siempre había considerado su padre, Erica sintió rabia. La habían educado en la creencia de que debía honrar el apellido de la familia y ser un dechado de respetabilidad y decoro, pero no le había servido de nada. Walter y sus hijos siempre la habían excluido del negocio familiar. Incluso se había tenido que marchar a trabajar a otra empresa porque no le querían dar un empleo.

Walter no la quería allí. Lo había dejado bien claro. Hasta entonces, Erica creía que la rechazaba porque carecía de la experiencia profesional necesaria o, simplemente, porque era una mujer. Pero se había equivocado por completo. Ahora conocía el motivo.

Cruzó el vestíbulo y se detuvo en recepción. La mayoría de los visitantes podía acceder a las distintas plantas por los ascensores; pero los que iban al último piso, donde estaban los despachos de los directivos, debían pasar antes por el control de seguridad y subir en un ascensor privado.

–Buenas tardes, Erica.

–Hola, Jerry –dijo ella–. Vengo a ver a mi padre.

El recepcionista llevaba veinte años trabajando para la empresa. Cuando era niña,

Jerry siempre tenía caramelos en los cajones para dárselos cuando llegaba. De hecho, él se alegraba más de verla que Walter.

–Me alegro. Siempre es bueno que un padre y su hija se lleven bien –dijo mientras apuntaba su nombre en el registro–. Mi Karen se ha marchado a estudiar a la universidad y cada vez nos vemos menos...

Erica le dedicó una sonrisa, aunque estaba tan deprimida que no fue una sonrisa alegre. Se preguntó si Don Jarrod habría sido un buen padre para Melissa; si le habría dado el cariño que ella no había recibido nunca. Cabía la posibilidad de que hubiera sido como Walter; otro hombre rico y poderoso, más preocupado por los negocios que por sus hijos.

Jerry le dio la tarjeta que necesitaba para subir en el ascensor privado y dijo:

–Que tengas un buen día...

Un buen día. Erica se repitió la expresión cuando entró en el ascensor y pulsó el botón de la última planta. Su día sería confuso y, quizás, terrible; pero bueno, no.

Ni siquiera sabía lo que iba a decir cuando viera a Walter. Era una situación tan dolorosa que los ojos se le humedecieron; pero no había llorado delante de Christian Hanford y no iba a llorar entonces.

Al acordarse del abogado, pensó que en otras circunstancias se habría sentido muy atraída por él. Pero el deseo no tenía muchas posibilidades contra un corazón partido y una vida rota.

Por fin, las puertas del ascensor se abrieron. Ya era tarde para volverse atrás.

Salió al pasillo y avanzó. Sus pasos no hacían ruido, porque a Walter Prentice le molestaba el sonido de tacones y había ordenado que se instalara una moqueta tan ancha y suave que, al pisarla, se tenía la sensación de flotar. Combinada con la música de fondo y con las impresionantes vistas de la ciudad, entrar en la última planta del Prentice Group era como entrar en una nube.

Respiró hondo y se acercó a la secretaria de Walter.

Jewel Franks era una mujer muy seria, de cincuenta y tantos años. Todas las decisiones de la empresa pasaban por sus manos. Tenía un cabello canoso, unos ojos azules y una virtud sin la que jamás habría sobrevivido a tres décadas de trabajo en el Prentice Group: más paciencia que un santo.

—¡Erica! —dijo Jewel con una sonrisa—. Qué sorpresa más agradable... Tu padre no te está esperando, ¿verdad? No he visto tu nombre en la lista del día.

Erica también sonrió. Las listas de Jewel eran legendarias; si alguien o algo no estaba en ellas, no existía.

–No, me temo que no; pero necesito hablar con él. ¿Podrá concederme unos minutos?

La secretaria le guiñó un ojo.

–Tienes suerte, porque acaba de colgar el teléfono hace un instante. Te recomiendo que pases directamente a su despacho.

–Gracias.

A Erica se le hizo un nudo en la garganta; pero tomó aire otra vez y llamó suavemente a la puerta antes de entrar.

–¿Qué ocurre, Jewel? –preguntó Walter sin alzar la mirada.

Erica lo observó durante un par de segundos. Aquel hombre de pelo negro, cuajado de canas, era el hombre al que siempre había intentado satisfacer. Llevaba traje y corbata, su indumentaria habitual; Erica lo había visto muy pocas veces con otra ropa.

–Erica… ¿Qué estás haciendo aquí?

No era un recibimiento precisamente caluroso, pero a ella tampoco le sorprendió. Nunca le había gustado que lo interrumpieran cuando estaba trabajando.

–Hola, padre.

Él frunció el ceño.

–¿Ha pasado algo? ¿No deberías estar en el trabajo?

Erica lo miró a los ojos, buscando algún indicio de cariño, pero no lo encontró.

–Esta mañana he recibido una visita. Era un abogado de Colorado.

Walter se sacudió como si le hubieran pegado un tiro y dejó su pluma de plata en la mesa. Se había quedado pálido.

–¿De Colorado?

–En efecto. Y, por favor, no finjas que no sabes a qué ha venido.

Él entrecerró los ojos.

–No me hables en ese tono, jovencita.

Erica habría soltado una carcajada si hubiera estado de humor para ello. Walter no había pronunciado esa frase desde su adolescencia, cuando ella le pidió permiso para ir a un concierto con unos amigos y él se negó y la mandó castigada a su habitación. Pero ya no era una adolescente fácilmente impresionable. Ya no necesitaba su permiso para nada. Era una mujer adulta y merecía respuestas.

–El abogado me ha contado una historia interesante –dijo con toda tranquilidad–. Una historia de la que tenemos que hablar.

–Sí, ya imagino que sería interesante; pero no es algo que quiera discutir contigo.

–Tengo derecho a saberlo –insistió–. Tengo derecho a oírlo de tu boca. Necesito asegurarme de que lo que me ha dicho es verdad.

–¿Derecho? ¿Tú hablas de tener derecho? ¿Y qué te parece mi derecho a no resucitar problemas del pasado? Eres Erica Prentice, mi hija. Eso debería ser suficiente para ti.

A Erica le habría gustado que fuera suficiente, pero no lo era. Había muchas cosas que necesitaba saber.

Durante toda su vida, había querido a aquel hombre y había buscado su aprobación. Había luchado con todas sus fuerzas para que se sintiera orgulloso de ellas. Y ahora resultaba que ni siquiera era su padre biológico.

–Por favor, habla conmigo. No sé qué pensar.

Él apretó los dientes antes de responder.

–Ese canalla de Jarrod... Todo es culpa suya. Insiste en robarme incluso desde la tumba.

–¿Cómo? –preguntó sin entender.

Walter se levantó de su sillón y se pasó una mano por el pelo, nervioso. Erica se llevó una buena sorpresa; nunca lo había visto nervioso.

–Introdujo una disposición en su testamento para que se pusieran en contacto contigo, ¿verdad?

Erica asintió.

–Sabía que lo haría –continuó él–. Debí suponer que no mantendría su palabra.

–Don Jarrod me ha dejado parte de sus propiedades –le anunció.

Walter bufó con sorna.

–Por supuesto que sí. Era la forma más fácil de hacerme daño.

–¿De hacerte daño? –preguntó, sacudiendo la cabeza con desesperación–. No se trata de ti, padre; se trata de mí.

–No te engañes a ti misma –declaró, señalándola con un dedo–. Esto no es más que otro capítulo de la guerra entre Donald Jarrod y yo. Ese hombre siempre fue un ladrón; siempre quiso robarme lo que pudiera.

En el fondo de su corazón, Erica había albergado la tímida esperanza de que la historia de Christian fuera falsa; de que Don Jarrod hubiera cometido un error y de que ella fuera hija de Walter, como siempre había creído.

Sin embargo, ya no tenía ninguna duda. Christian le había dicho la verdad.

–De modo que era mi padre…

–Sí, lo era –dijo él–. Ese cerdo…

Walter la miró un momento, caminó hasta una de las ventanas y siguió hablando mientras contemplaba las vistas de la ciudad.

–Tu madre y yo tuvimos una época difícil, por así decirlo. Ha pasado mucho tiempo y no tiene sentido que entre en detalles, pero nos separamos. Yo me marché a Inglaterra para abrir la delegación europea de la empresa y me quedé allí varios meses. Me pareció lo mejor para Danielle y para mí. Los dos necesitábamos tiempo para pensar.

Erica contempló sus anchas espaldas mientras hablaba. Él seguía mirando la ciudad, incapaz de mirarla a los ojos.

–Don Jarrod estaba aquí, en San Francisco; al parecer, había venido para cerrar un acuerdo sobre la compra de unos hoteles. Se conocieron por amigos comunes, en un cine, y él se aprovechó de ella... La cortejó, la sedujo y la dejó embarazada porque sabía que yo estaba lejos y que ella era vulnerable.

Erica se mantuvo en silencio.

–Sobra decir que no supe que tu madre se había quedado embarazada hasta después de que nos reconciliáramos –añadió.

–Entonces, ¿estabais separados cuando...?

–Sí, lo estábamos, pero ¿qué importancia tiene eso? Seguíamos casados. Además, yo quería salvar nuestro matrimonio. Danielle me aceptó de nuevo y me aseguró que pondría fin a su aventura... Jarrod volvió a Colorado y nosotros seguimos con nuestras vidas. Pero cuando tu madre descubrió que estaba embarazada, se empeñó en decírselo porque le pareció que tenía derecho a saberlo.

–Luego, siempre lo supo...

Walter asintió.

–Sí. Naturalmente, se puso en contacto con nosotros. Quería formar parte de tu vida... pero yo me negué. Habría sido un escándalo social. Habría dañado mis negocios y habría perdido muchos clientes. No lo podía permitir.

–No, por supuesto que no –susurró ella, sintiendo otra punzada de dolor.

Walter no toleraba los escándalos. La idea de que sus amigos y sus socios supieran que su esposa se había acostado con otro hombre le habría parecido del todo inadmisible. No había ocultado la verdad por el deseo de protegerla a ella, sino por evitarse una situación embarazosa.

Al menos, ahora sabía por qué no había sido un padre de verdad; por qué le había negado su afecto. Y una vez más, se preguntó si Donald Jarrod habría sido diferente.

–Él me quería –dijo en voz baja, más para sí misma que para Walter.

–Quería hacerme daño a mí –declaró él–. Intentó convencer a tu madre para que me abandonara y se marchara con él a Colorado... pero tu madre sabía lo que era mejor para ella y se quedó. Le prometí que nunca le echaría en cara su infidelidad. Y cumplí la promesa.

–Cumpliste tu promesa con ella y lo pagaste conmigo.

Él la miró fijamente.

–¿Cómo has dicho?

–Padre, siempre me has tratado con poco menos que asco.

–Eso no es verdad –dijo él, apartando la mirada.

Erica supo que no la miraba a los ojos porque la acusación era cierta. Pero ya estaba cansada de estupideces. Había descubierto la verdad y no iba a soltar la presa.

–Sí, claro que lo es. Siempre me pregunté qué había hecho yo para que me trataras tan mal, para que me despreciaras tanto.

–Yo no te desprecio, Erica. Te quiero...

Ella habría dado cualquier cosa por creerlo.

–Nunca te has comportado como si me quisieras.

Él levantó la barbilla, orgulloso.

–No soy un hombre particularmente cariñoso, Erica; pero a estas alturas, deberías conocer mis sentimientos.

–¿Sentimientos? Hasta este momento, jamás habría imaginado que los tuvieras.

Walter la miró como si se acabaran de conocer, como si la viera por primera vez en su vida. Y a Erica no le extrañó. Jamás le había hablado de esa forma; siempre se había esforzado por ser la hija perfecta, por ganarse una sonrisa o una palmadita de aprobación. Pero eso también había terminado. Sólo sentía decepción y dolor.

–Erica, yo soy tu padre en todos los sentidos que importan –alegó–. ¿Es que no he estado siempre a tu lado? ¿Es que no te crié? ¿Es que te ha faltado algo alguna vez en la vida?

–No, no me faltado nada. Salvo tu amor.

–¿Cómo puedes decir eso? –preguntó, sorprendido.

Erica derramó unas lágrimas sin poder evitarlo. Irritada por que le habían brotado, alzó una mano y se las secó rápidamente.

Él dio un paso hacia ella, pero se detuvo como si no supiera qué hacer.

–Erica…

Ella no dijo nada.

–Tu madre no habría querido que te marcharas con Donald. Si siguiera viva, tu madre querría que te quedaras aquí, con tu verdadera familia.

Erica no podía estar segura de lo que su madre habría deseado. Sólo sabía que no podría seguir adelante si no profundizaba en la verdad que su madre y Walter le habían negado.

–Te quiero, padre; pero me voy a Colorado de todas formas. Quiero conocer a mis hermanos. Quiero averiguar si mi lugar en la vida está más cerca de su mundo que del vuestro.

–¿Qué quieres decir con eso? –bramó, perdiendo la paciencia–. Éste es tu mundo, éste es tu hogar... somos tu familia.

–Ellos también lo son.

Walter se cruzó de brazos.

–No lo permitiré. Te lo prohíbo.

Erica sonrió entre lágrimas y pensó que era una reacción típica de él. Cuando no se salía con la suya, intentaba imponer su criterio por la fuerza.

Sin embargo, esta vez no le iba a funcionar.

–No puedes impedirlo. Ahórrate el esfuerzo.

Erica caminó hasta la salida y abrió la puerta, pero se detuvo al oír la voz de Walter.

–¿Y qué pasará si allí tampoco encuentras

lo que buscas? ¿Qué harás entonces? –preguntó.

Ella se giró un momento y respondió con sinceridad:

–No lo sé.

–¿Cómo es ella?

Christian alzó la mirada y la clavó en Melissa Jarrod, que acababa de entrar en su despacho de la mansión. Melissa llevaba un vestido de color amarillo pálido, a juego con su cabello, y unos zapatos de tacón alto que añadían unos cuantos centímetros a su metro setenta y cinco de altura.

Ella se apartó el cabello de la cara, apoyó las manos en la mesa y se inclinó hacia él. Christian no tuvo más remedio que rendirse a lo inevitable; sabía que no se marcharía de allí hasta que consiguiera la información que buscaba.

–Vamos, Christian, dime algo…

–Ya te he dicho que parece muy agradable.

Melissa se apartó de la mesa y empezó a caminar por el despacho.

–Eso no es decir nada –protestó–. ¿Es divertida? ¿Es aburrida? ¿Tiene sentido del humor?

Christian no había conocido a Erica en las circunstancias más adecuadas para formarse una idea de su carácter, pero no le había parecido nada aburrida. Si lo hubiera sido, no se habría sentido tan atraído por ella.

–Bueno, es... agradable.

Melissa rió.

–Por todos los demonios, Christian... como espía, serías un desastre. No te fijas en nada.

–Pero afortunadamente soy abogado, no espía.

–Muy bien, como quieras. Entonces, hazme una descripción típica de abogado. Dime cómo reaccionó al saberlo. Dime lo que pensaba de este asunto.

Christian se recostó en el sillón y miró al miembro más joven de la familia Jarrod, que había dejado de serlo cuando supieron de la existencia de Erica.

Melissa no había dudado en mudarse a Aspen. Había dejado su empleo como gerente de un gimnasio de lujo de Los Ángeles y había empezado a dirigir el balneario del complejo hotelero de su familia. Acababa de llegar y ya estaba tan integrada en la vida de la montaña como si nunca la hubiera abandonado.

–¿Qué quieres saber exactamente?
Ella volvió a reír.
–Todavía no lo sé. Compréndelo, Christian... he descubierto que tengo una hermana nueva. Necesito saber si es graciosa y sonríe con frecuencia o si es una de esas estiradas que sólo piensan en el trabajo.
–No me pareció que fuera una de esas estiradas –ironizó.

Christian volvió a pensar en su encuentro con Erica. Cuando su avión despegó de San Francisco, casi se había convencido de que la atracción que sentía por ella había sido una ilusión que se desvanecería rápidamente; pero no fue así. Erica llamó por teléfono esa misma noche para anunciarle que llegaría a Aspen en cuestión de días.

En cuanto oyó su voz, se excitó. Aquella mujer le gustaba tanto que hasta hablar de ella le excitaba. Y si no se andaba con cuidado, Melissa lo descubriría; a fin de cuentas, era muy perceptiva con esas cosas.

–Ten en cuenta que se llevó una gran sorpresa –continuó–. Estaba tan asombrada como vosotros cuando supisteis la noticia.

–Pobrecilla... –murmuró–. Habrá sido un trago muy difícil para ella.

–También lo ha sido para ti –le recordó él.

–Cierto, pero yo no tengo ninguna duda sobre mi identidad. Sé que soy una Jarrod y sabía lo que me esperaría si aceptaba los términos del testamento de mi padre... En cambio, ella ni siquiera sabe quién es.

Christian sonrió. Melissa iba a ser una gran aliada de Erica; un puerto seguro en un mundo nuevo y extraño; una amiga que la ayudaría a sobrellevar la oposición de algunos de sus hermanos. Blake y Guy no ardían precisamente en deseos de conocerla. En cuanto a Gavin y Trevor, todavía no habían llegado a Aspen y desconocía su actitud.

–Si te sirve de algo, te diré que la noticia la dejó impresionada. Pero es muy fuerte; tanto como tú. Y también tiene un lado... afectuoso.

–Vaya, vaya... ¿detecto cierto interés?

Él se puso tenso.

–¿Cómo? No, no, en absoluto –se apresuró a decir–. Además, sería muy poco apropiado.

Melissa sacudió la cabeza.

–Vamos, Christian. Hablas como si fueras un puritano o algo así.

–Ni lo soy ni quiero hablar de eso contigo. ¿No se supone que tienes un balneario que dirigir? –preguntó.

Ella suspiró, frustrada.

–Algunos hombres sois imposibles...
–Gracias por el comentario. Adiós, Melissa.

Melissa sonrió.

–Está bien, ya me voy... pero no creas que esta conversación termina aquí.

Cuando la joven se marchó, Christian se dijo que no se podía permitir el lujo de sentirse atraído por Erica. La junta directiva de Jarrod Ridge se reunía en pocos meses y no le convenía que la gente empezara a murmurar.

Salir con un miembro de aquella familia era la forma más segura de que lo despidieran. Don siempre había sido tan protector que obligaba a sus empleados a firmar un contrato por el que se comprometían a mantener las distancias con sus hijos. Además, Christian sabía que la junta directiva mantendría sus criterios hasta que se constituyera la nueva dirección; y también sabía que los hijos de Don no cambiarían la política de su difunto padre.

Definitivamente, Erica Prentice estaba fuera de alcance. No permitiría que una mujer pusiera en peligro el trabajo por el que tanto había luchado.

Por mucho que le gustara.

Capítulo Cuatro

Tres días después de reunirse con Christian, Erica estaba en un avión que la llevaría a Aspen. Se había tomado un permiso en el trabajo, había cerrado su piso y había dejado el coche en un aparcamiento de larga duración. Cuando llamó al abogado para informarle de sus intenciones, insistió en enviarle el reactor privado de la familia. Ella se resistió al principio, pero ahora, que estaba contemplando el interior del aparato, se alegró de haber cedido.

El interior del avión resultaba tan cómodo como elegante. El suelo tenía una moqueta ancha, y los sillones, de color azul pálido, eran más amplios que los de cualquier asiento de primera clase en un vuelo regular; además, todos tenían televisión propia y una amplia gama de películas entre las que elegir. Y, por si eso fuera poco, una azafata se le acercó y le sirvió un desayuno delicioso antes de volver con los pilotos.

Erica se alegró de estar sola. Durante los

días anteriores había hablado con un sinfín de personas interesadas en lo que iba a hacer, y la tranquilidad del avión le pareció tan agradable como unas vacaciones.

Sin embargo, sus dudas no habían desaparecido. Christian afirmaba que su nueva familia ardía en deseos de conocerla, pero suponía que lo decía para animarla. Daba por sentado que los Jarrod habrían reaccionado tan mal como los Prentice. Los tres hijos de Walter, a los que había visto el día anterior, la habían presionado de mil formas distintas para impedir que se marchara.

Recostó la cabeza en el asiento y cerró los ojos. Aún podía oír las voces de sus hermanastros, rogándole, pidiéndole o exigiéndole, alternativamente, que no hiciera daño al hombre que la había criado desde la infancia.

A Erica le pareció muy irónico quisieran proteger a Walter de una verdad que todos ellos conocían desde el principio y que, sin embargo, no albergaran ninguna preocupación por sus sentimientos.

Pero la discusión con sus hermanastros no fue tan terrible como el enfrentamiento con su madrastra. Angela adoraba a Walter y habría hecho cualquier cosa por él. Erica sabía que había intentado aceptarla en la familia, pero Angela no era una mujer precisamente maternal y su relación con ella nunca había sido buena.

–Le estás haciendo mucho daño, Erica –le dijo en tono de desaprobación–. Walter no merece que lo trates así.

–Angela, sólo quiero saber quién soy –alegó ella.

–Nunca te has molestado en descubrir al Walter que se esconde tras esa imagen dura, ¿verdad? No, no te has molestado. Pero algún día lo harás y te darás cuenta de que te quiere... No importa que Donald Jarrod sea tu padre biológico; tu verdadero padre, en todos los sentidos, es Walter Prentice.

Al recordar la conversación, Erica se preguntó si Angela tenía razón o si se había limitado a defender a su marido. Evidentemente, no lo podía saber; pero sabía que debía seguir adelante y que nadie la iba a ayudar.

Estaba sola. Aunque eso no era tan malo.

A diferencia de sus amigos, Erica nunca había vivido una aventura. No se había marchado a Europa cuando terminó sus estudios universitarios ni se había tomado un año libre para encontrarse a sí misma. Había hecho lo que se esperaba de ella. Había aceptado un empleo en una empresa importante y se había puesto a trabajar con el objetivo de llevar una vida respetable y segura.

De hecho, Erica nunca había tomado una sola decisión a partir de sus impulsos. Siempre había sido una niña buena y obediente, que hacía lo correcto en cualquier situación. Y todo, porque quería ganarse la aprobación de un padre que ni siquiera la miraba.

Con antecedentes como esos, tendría que haber estado asustada ante la perspectiva de cruzar medio país para ver a unos desconocidos y trabajar en un complejo hotelero del que no sabía nada. A fin de cuentas, aquello era una locura. Una locura sin pies ni cabeza. Pero no tenía miedo.

Miró por la ventanilla del avión y contempló el paisaje mientras en su interior ardía una llama de entusiasmo. El destino le había ofrecido un mundo nuevo, una página en blanco, una oportunidad que se le presentaba a pocas personas: la oportunidad de reinventarse a sí misma por completo.

Estaba decidida a hacerlo lo mejor que pudiera. Encontraría su camino, descubriría quién era y más tarde, cuando lo hubiera conseguido, podría enfrentarse a Walter de igual a igual.

Alcanzó su taza de café y bebió un poco.

En el interior del avión sólo se oía el zumbido de los motores. Consideró la posibilidad de ver una película o escuchar música, pero estaba demasiado inquieta. Lo único que impedía que se levantara del asiento y empezara a caminar de un lado a otro era su miedo a los aviones.

Una vez más, se preguntó cómo la recibirían cuando llegara su destino.

No sabía si encontraría a un grupo de amigos o de enemigos. Ni siquiera sabía qué les podía decir.

Justo entonces, oyó la voz del piloto por el altavoz.

–Le ruego que se abroche el cinturón, señorita Prentice. Hemos iniciado la maniobra de descenso; aterrizaremos en Aspen dentro de veinte minutos.

Ella asintió como si piloto la pudiera ver y sonrió para sus adentros.

Sólo faltaban veinte minutos.

Para su nueva vida.

La estaba esperando en la pista.

Cuando Erica vio a Christian Hanford, su corazón se aceleró. No parecía el mismo hombre de San Francisco, pero le gustó más. En lugar de llevar traje; se había puesto unos vaqueros de color azul oscuro, unas botas negras y un jersey rojo. Estaba apoyado en un deportivo y el viento jugueteaba con su pelo corto y oscuro.

Christian se acercó antes de que Erica llegara al final de la escalerilla.

−¿Qué tal el viaje? −preguntó.

−Fabuloso −respondió ella−. Gracias por haberme enviado el avión.

−Es lo menos que podíamos hacer. Es el avión de los Jarrod y tú eres una Jarrod; ahora formas parte de la familia.

Christian extendió una mano para ayudarla a bajar los últimos escalones. Al sentir su contacto, Erica se estremeció. Se sentía tan profundamente atraída por él que, durante un instante, tuvo la extraña impresión de que estaban solos en el mundo.

Se llevó una mano al estómago, como si así pudiera detener el súbito aleteo de mariposas; pero no sirvió de nada.

−¿Qué te parece si te doy una vuelta por Aspen antes de llevarte a Jarrod Ridge?

−Me parece muy bien.

Erica apartó la mirada de sus preciosos ojos de color chocolate y echó un vistazo a su alrededor. Lo que vio, la dejó pasmada.

El aeropuerto estaba rodeado de montañas por todas partes. El cielo era tan azul que casi hacia daño; las nubes eran tan blancas y tan perfectas como si estuvieran pintadas en un cuadro; el aire era limpio y fresco y la tranquilidad del lugar resultó casi ensordecedora para una mujer acostumbrada al ruido de San Francisco.

–Es una preciosidad... –murmuró.

–Sí que lo es –dijo Christian, mirándola a ella.

El abogado sacudió la cabeza, le apretó la mano y añadió:

–Vamos, chica de ciudad. Te lo enseñaré todo.

Era realmente bella. Era sencillamente impresionante.

Christian albergaba la esperanza de que su recuerdo de Erica fuera una distorsión de su imaginación; de que su ojos no fueran del color del ámbar; de que no oliera a melocotones; de que su cabello rubio no flotara en el viento, creando un halo alrededor de su cabeza; de que su propio deseo fuera una emoción leve y pasajera, algo que pudiera controlar sin grandes esfuerzos.

Pero se había equivocado.

Sólo tuvo que tocar su mano para saber que se enfrentaba a un enemigo terrible.

Erica Prentice era la tentación personificada.

La llevó al coche, le abrió la portezuela y aprovechó la ocasión para admirarla mejor. Erica llevaba unos pantalones blancos, una camiseta azul y unas sandalias negras. Su indumentaria no podía ser más sencilla, pero le pareció el ser más deseable del universo conocido.

Indudablemente, tenía un buen problema.

Se sentó al volante y dijo:

–Pasaremos por la ciudad para que te vayas orientando un poco.

–¿Y mi equipaje?

–No te preocupes. Te lo llevarán.

Ella asintió.

–Entonces, pongámonos en camino.

Christian arrancó y salieron del aeropuerto.

–No puedo creer que las montañas están tan cerca –comentó ella, al cabo de unos segundos.

–Bueno, yo no les presto mucha atención. Llevo toda la vida aquí y me he acostumbrado tanto al paisaje que ni lo miro.

–Seguro que exageras.

Christian siguió brevemente la dirección de su mirada y contempló la cadena montañosa. Como muchos ciudadanos de Aspen, daba la belleza por descontado. Cuando se crecía en un lugar como ése, se tendía a creer que todo el mundo estaba acostumbrado a lo mismo.

–Dentro de dos semanas serás como nosotros y no te darás ni cuenta.

Ella sacudió la cabeza y preguntó con ironía:

–¿Quieres apostar?

Mientras circulaban por la ciudad, Christian le indicó algunos de los sitios más relevantes. En la calle Galena, señaló los viejos edificios de ladrillo, llenos de tiendas y con macizos de flores que adornaban las aceras. En la calle Main, le mostró la sede del *Aspen Times*, uno de los periódicos más importantes de la ciudad.

Christian conocía Aspen como la palma de la mano; pero mostrársela a Erica era como volver a verla por primera vez.

–Como puedes ver, en Aspen combinamos la pasión por la arquitectura antigua y la pasión por lo moderno.

–Sí, ya me he dado cuenta. Y me encanta.

Él giró la cabeza un momento y la observó. Por su expresión, decía la verdad.

–No imaginaba que fuera tan grande –continuó Erica.

–¿Te parece grande? –dijo él, extrañado.
–Desde luego...
–Pues no lo es. Sólo tiene medio millón de habitantes, aunque en invierno se llena de turistas que vienen a esquiar y esto parece San Francisco.

–Ah, no... no me refería a Aspen. Me refería a Colorado –puntualizó–. Tiene cielos tan abiertos que parece que no acaben nunca, da sensación de inmensidad. Ten en cuenta que, para mí, el cielo siempre ha sido un montón de fragmentos pequeños que se ven entre los rascacielos.

Él sonrió y detuvo el coche en un semáforo.

–¿Y esto te gusta más?

–Bueno, no sé si me gusta más. San Francisco es una ciudad verdaderamente hermosa, pero de un modo muy diferente. Aquí me siento como un pez fuera del agua.

El semáforo se puso en verde. Christian cambio de marcha y siguieron su camino.

–Eres la hija de Don Jarrod, así que llevas Colorado en la sangre. Tu familia tiene una larga historia en este lugar.

–Háblame de ella.

–Veamos... El tatarabuelo de Donald fundó Jarrod Ridge. Vino a Aspen por la fiebre minera de la que surgió la ciudad, allá por

1879. Adquirió unos terrenos y se construyó la mayor mansión de Colorado.

Erica también sonrió.

—Parece que los Jarrod no tienen problemas de autoestima...

Christian soltó una carcajada.

—No, desde luego que no.

—Sigue con la historia. Te escucho.

—Hacia 1893, Aspen ya tenía bancos, teatros, un hospital y alumbrado eléctrico en las calles.

—Impresionante.

—Lo fue, sin duda. Después, el mercado de la plata se hundió, las minas cerraron y la gente se marchó por cientos. Pero Eli Jarrod se quedó aquí. Amplió la mansión y la convirtió en un hotel... Había mucha gente del Este que venía a Aspen a pescar y cazar; Eli decidió que sería un buen negocio.

—Un tipo inteligente.

—La inteligencia tampoco es un problema para los Jarrod —comentó—. En cualquier caso, Eli se las arregló para salir adelante y el hotel sobrevivió a todas las crisis, incluida la Gran Depresión. Pero no empezó a tener éxito de verdad hasta 1946. Cuando la gente descubrió las montañas y el esquí, los Jarrod estaban preparados para ofrecerles el mejor de los servicios.

–Es lo que se llama estar en el lugar adecuado y en el momento preciso.

–En efecto. Aunque hubo un tiempo en el que la gente decía que abrir un hotel en mitad de ninguna parte era una estupidez... Pensándolo bien, supongo que su éxito se podría atribuir a la obstinación pura.

El paisaje urbano empezó a cambiar. Los edificios altos dieron paso a zonas residenciales y, de repente, se encontraron en una carretera flanqueada de bosques.

–Háblame del complejo hotelero.

Christian asintió.

–Ya te he dicho que tu antepasado construyó la mansión más grande en muchos kilómetros a la redonda. Cuando lo convirtieron en hotel, empezaron a añadir alas nuevas al edificio principal. Así fue como nació el complejo. Y no ha dejado de crecer desde entonces... en la actualidad, la antigua mansión es la sede principal del hotel; pero la última planta se reserva como residencia de la familia. Vivirás allí.

En ese momento, pasaron por el puente que cruzaba el río Roaring Fork.

–También tenemos chalés para los clientes; algunos son de piedra y otros son cabañas tradicionales –continuó él–. Los hay de todos los tamaños, desde casas para una sola familia hasta casas enormes que se reservan con servicio completo, cocinero y criados incluidos.

Ella arqueó las cejas.

–Vaya…

–Sí, es digno de admiración. Te vas a llevar una sorpresa muy agradable en ese sentido –comentó.

Ella rió.

–¿Qué te hace pensar que no me la he llevado ya?

–Será aún mejor.

Christian giró y tomó un camino que avanzaba entre un bosque tan denso que no se podía ver nada en la distancia. De repente, los árboles desaparecieron y se encontraron ante la pradera en la que se alzaba la mansión.

Erica se quedó boquiabierta.

–Es como un castillo…

Manor Jarrod era un edificio impresionante, de color rojo, con balcones de hierro forjado, ventanas que brillaban al sol como si fueran diamantes y tejados inclinados. De no haber sido por los coches de lujo que estaban aparcados en el vado y por los empleados que iban de un lado a otro, a Erica le habría parecido un sueño salido de un cuento de hadas.

–Es… –murmuró ella, atónita.

–Ya te lo había dicho. Te ibas a llevar una sorpresa.

–No puedo creerlo –admitió.

No era la primera vez que Erica veía la mansión de los Jarrod. Había investigado por su cuenta y había visto muchas fotografías, pero no le hacían justicia a lo que en realidad era. Sólo faltaba que, en cualquier momento, apareciera un caballero andante a lomos de su montura.

Entonces, giró la cabeza y miró a Christian. En cierto modo, aquel hombre tan atractivo era exactamente eso, un caballero andante; aunque sustituyendo el caballo por el deportivo que conducía.

Sonrió para sus adentros y se dijo que estaba pensando tonterías. Ni él era un caballero de la Edad Media ni ella una princesa en apuros.

Pero su buen humor duró poco. No estaba allí para dejarse llevar por ensoñaciones románticas, sino para conocer a la familia de su verdadero padre. Y ya no podía echarse atrás.

–¿Te arrepientes? –preguntó él.

Volvió a mirar a Christian y descubrió que la observaba con humor. Sólo se habían visto dos veces; y sin embargo, el abogado de los Jarrod se había convertido en la única referencia amigable de su mundo.

–No, no me arrepiento. Tomé la decisión de venir y me atendré a ella.

Los ojos de Christian brillaron con admiración.

–Me alegro sinceramente. ¿Y bien? ¿Preparada para ver tu nueva casa?

–Tan preparada como puedo estarlo.

Salieron del coche. Christian la llevó a la entrada principal. Ya en el interior del edificio, atravesaron el vestíbulo, que estaba lleno de gente y se dirigieron a un ascensor que estaba separado de los demás.

–Es el ascensor privado de los Jarrod. Lleva a las dependencias familiares –explicó él.

La puerta se abrió y Christian y Erica entraron. Él introdujo una tarjeta en el lector y dijo:

–Tu tarjeta te está esperando en la suite. Supongo que el equipaje ya habrá llegado, porque te he traído por la ruta turística... En la suite encontrarás todo lo que necesites; incluso tiene una cocina con los electrodomésticos básicos.

–Muy bien.

–Hay una cocina más grande en la zona común de la familia, por si alguna vez te apetece cocinar algo serio. Pero yo no me preocuparía por eso; si quieres comer algo, sólo tienes que llamar al hotel y te subirán lo que quieras.

–Oh, no... me encanta cocinar.

El ascensor se detuvo entonces y la puerta se abrió.

–Entonces, te llevarás bien con Guy. Es chef... o por lo menos, lo era. Tenía un restaurante en Nueva York antes de volver a Aspen, y ahora se va a encargar de dirigir las cocinas del complejo hotelero.

–Un chef.... –dijo ella con una sonrisa–. No estoy segura de que nos llevemos tan bien. He dicho que me encanta cocinar, pero eso no significa que lo haga bien.

–Si tanto te gusta, me podrías invitar a cenar alguna noche.

Christian se arrepintió inmediatamente de haberlo dicho. Erica se dio cuenta y decidió hacer caso omiso del comentario.

–Veo que Jarrod Manor es aún más bonito por dentro.

Erica no exageraba. Habían salido a un corredor con suelos de tarima y balcones que se abrían a la luz del sol cada pocos metros.

Christian señaló a su izquierda.

–Por este lado se va a cuatro de las suites. La zona común está al final del pasillo; y detrás de la zona común, están las habitaciones antiguas de los Jarrod... las habitaciones donde vivían tus hermanos cuando eran niños.

Erica intentó imaginar a un montón de niños en aquel lugar. Indudablemente, la enorme mansión era perfecta para jugar.

–Cuando se hicieron mayores, Don decidió renovar toda la planta y la dividió en suites para sus hijos y para los invitados ocasionales.

Erica respiró hondo y asintió.

–¿Todos están viviendo aquí?

Él sacudió la cabeza.

–No. Aquí sólo están Guy y su hermano gemelo, Blake, a quien le acompaña su ayudante.

Erica se alegró de que sólo estuvieran dos de sus hermanos; a fin de cuentas, siempre sería mejor que enfrentarse a todos al mismo tiempo. Pero ya que estaban allí, supuso que ese era un momento tan bueno como otro cualquiera para conocerlos.

–En tal caso, preséntamelos.

–Me temo que no va a ser posible. Blake y Samantha, su ayudante, se han marchado a Las Vegas por un asunto de negocios. Él y Gavin se dedicaban a construir hoteles, y tengo entendido que les iba bastante bien.

–¿Y Guy?

–Por la hora que es, imagino que estará en el restaurante principal.

Ella suspiró.

–¿Y Gavin? ¿También se ha marchado a Las Vegas?

–No, está aquí; pero vive en uno de los chalés. No quiso alojarse en la mansión.

Erica empezaba a entender que ninguno de sus hermanos se alegraba especialmente de regresar a Aspen. Al aceptar los términos del testamento, todos ellos se habían visto obligados a dejar sus vidas anteriores; pero eso también significaba que tenían un sentido muy desarrollado de la lealtad familiar.

Por primera vez, se sintió esperanzada. Si la familia significaba tanto para ellos, no podían ser tan terribles.

–¿Y qué hay de los demás? ¿Dónde están viviendo?

–Trevor tiene su casa en Aspen, aunque está aquí casi todos los días; y en cuanto a Melissa, vive en Willow Lodge, la casa de campo más alejada de la mansión principal. Tu hermana dirige el balneario del hotel.

Como el corredor era asombrosamente largo, Erica preguntó:

–¿Las suites son muy grandes?

–Ocupan toda la última planta del hotel.

Incluyendo las alas –respondió con una sonrisa.

–Increíble.

–Sí que lo es; pero ya falta poco para llegar a la tuya. Por aquí también se va al antiguo despacho de Don. Yo tengo despacho en la planta, aunque suelo trabajar en casa.

–¿Vives muy lejos?

Christian la acercó a uno de los balcones y se lo indicó.

–¿Ves el tejado rojo que está justo detrás de aquel pino tan alto?

Ella asintió.

–Sí, lo veo.

–Pues ésa es mi casa. Si alguna vez me necesitas…

Él estaba tan cerca que Erica podía sentir el calor de su cuerpo. Olía tan bien que quiso respirar hondo y empaparse de su aroma. Y cuando giró la cabeza y lo miró a los ojos, sintió un deseo tan intenso que se puso nerviosa.

–Gracias –dijo con brusquedad–. Lo recordaré.

Christian la miró en silencio durante un par de segundos, como si intentara adivinar sus pensamientos. Después, se alejó de ella, la llevó a la puerta de la suite y abrió.

Era un lugar imponente. Ya se había dado

cuenta de que todo Jarrod Ridge lo era, pero se llevó una sorpresa porque no esperaba que su alojamiento fuera tan maravilloso. Al fin y al cabo, era una desconocida que, por lo que sabía hasta entonces, despertaba la desconfianza de los hijos de Don. Había imaginado que le darían una habitación normal del hotel; pero aquello era cualquier cosa menos normal.

El salón estaba decorado con tonos distintos de azul, pálido en las paredes y oscuro en los muebles de diseño y en las cortinas de los balcones. Las alfombras seguían el mismo patrón, y hasta la chimenea tenía azulejos de colores marinos.

–Qué preciosidad –acertó a decir.

Christian la siguió al interior.

–Me alegra que te guste.

–¿Pensabas que no me gustaría? –preguntó mientras se giraba para mirarlo–. A decir verdad, no esperaba algo así.

Él sonrió brevemente y ella se estremeció. Por algún motivo, la sonrisa de aquel hombre le parecía mágica.

–¿Y qué esperabas? ¿Una mazmorra? –bromeó.

Erica se encogió de hombros.

–No, ni mucho menos, pero imaginé que me darían algo menos...

–Por si te interesa, fue cosa de Melissa. En realidad, ésta es su suite; pero ella no la usa nunca. Pensó que a ti te gustaría y que sus hermanos no tendrían objeción.

–Es un detalle de su parte.

–Melissa te caerá bien. Está deseando conocerte.

–¿Y mis hermanos?

Él tardó un momento en responder.

–Bueno, ya entrarán en razón.

–Así que ahora somos una familia grande y feliz –ironizó.

–Nadie dijo que fuera fácil, Erica. Pero no te preocupes por eso; tienes tanto derecho a estar aquí como ellos.

Erica sacudió la cabeza y frunció el ceño.

–¿En serio? Christian, mis hermanos crecieron en este lugar. Es su casa. Yo sólo soy una intrusa –afirmó.

–Puede que fuera su casa, pero todos huyeron de ella en cuanto se les presentó la ocasión.

–¿Por qué? ¿Es que Don Jarrod era un mal padre?

Christian se acercó a ella.

–No, nunca fue un mal padre; pero siempre estaba ocupado y tenía la mala costumbre de meterse en las vidas de los demás. Lo hacía incluso conmigo, que no soy de la familia. Se dedicaba a decirme lo que debía hacer y cómo lo debía hacer.

–Eso me suena bastante –murmuró ella–. Crecí con un hombre muy parecido a él... ¿No te parece irónico?

–No sé, puede que esa coincidencia te sirva para entender mejor a tus hermanos y allanar el camino con ellos.

–Bueno, ya se verá. Pero me parece extraño que un sitio tan bonito esté prácticamente vacío. Es triste que ninguno de los Jarrod quiera vivir aquí.

–Como ya he dicho, Don no era la persona más comprensiva del mundo. Además, a tus hermanos no les gustó que su padre se las arreglara para que volvieran a Aspen.

Ella volvió a suspirar.

–Supongo que eso también es un punto en común.

–Sí, supongo que sí.

Christian se metió las manos en los bolsillos mientras ella caminaba hacia el sofá de su nuevo hogar.

–Hablando de padres –continuó él–, ¿cómo se lo ha tomado Walter Prentice?

Erica lo miró fijamente.

–Como esperaba. No quería que viniera.

–¿Y por qué has venido?

–Tenía que hacerlo. Lo necesitaba y para...

—¿Encontrarte a ti misma?
Ella rió.
—Suena estúpido, ¿verdad?
—No tanto. Yo también me he sentido perdido, Erica. Encontrar el camino puede llegar a ser extraordinariamente difícil.

Erica ladeó la cabeza y lo observó. Christian parecía un hombre muy seguro; resultaba difícil de creer que se hubiera sentido perdido en alguna ocasión. Pero supuso que todo el mundo tenía sus baches, y que el truco consistía en seguir adelante sin dejarse derrotar.

Echó un vistazo al lugar que iba a ser su casa a partir de ese día y se fijó en el pasillo que empezaba en el salón.

—Has dicho que tiene cocina, ¿verdad?
—Sí, está al fondo.

Erica decidió investigar. La cocina tenía una ventana, que daba a un jardín, y disponía de horno, frigorífico y varios armarios. En el frigorífico había agua, una botella de vino blanco, refrescos y verduras frescas; en la encimera, a su lado, una fuente llena de fruta.

—¿Tienes hambre? —preguntó él.
Ella asintió.
—Ahora que lo mencionas, sí.
—¿Por qué no bajamos a comer algo? En-

tre tanto, responderé a tus dudas y tal vez conozcas a alguno de tus hermanos.

Erica supuso que ese hermano sería Guy, el chef. Y aunque la perspectiva de conocerlo bastó para quitarle el apetito, declaró:

–De acuerdo; pero dame unos minutos para que me refresque un poco.

Capítulo Cinco

Guy Jarrod había sido un chef famoso y con una gran reputación; pero cuando abrió su restaurante en Nueva York, descubrió que dirigir el negocio le gustaba bastante más que cocinar.

Volver a Jarrod Ridge no estaba entre sus planes; como al resto de sus hermanos, le irritaba que su padre hubiera encontrado la forma de atraparlo desde su tumba. Sin embargo, se empezaba a alegrar de haber regresado a Aspen. Dirigir un restaurante de cinco tenedores era mejor de lo que había imaginado.

Además, tenía grandes planes para el lugar. Con el transcurso de los años, los gestores del hotel se habían dormido en los laureles; daban un gran servicio, pero Guy estaba decidido a modernizarlo y devolverle su esplendor.

—¿Señor Jarrod?

Guy miró al joven que acababa de entrar en la cava. Le resultaba familiar, pero no había tenido tiempo de aprenderse todos los hombres.

–¿Sí?

–El señor Hanford está en el salón con una invitada. Quiere saber si podría salir un momento para hablar con ellos.

Guy pensó en Christian. Habían sido amigos en el pasado, pero de repente se habían convertido en socios por culpa del capricho de Don, que quería atrapar a todos sus hijos en Aspen.

–Dile que salgo enseguida.

Dejó el inventario de los vinos para otro momento, salió de la cava, cruzó la cocina y entró en el salón. Mientras caminaba, observó detenidamente las mesas, los manteles, las vajillas y las cuberterías, para asegurarse de que todo estaba bien.

Christian se había sentado en una de las mesas del fondo y se encontraba en compañía de una morena de ojos de color ámbar. La mujer le resultó vagamente familiar, pero no recordaba haberla visto antes y llegó a la conclusión de que debía ser la hermana perdida; su parecido con el resto de los Jarrod era innegable.

Como ellos no habían advertido su presencia, aprovechó la ocasión para detenerse un momento y observarla con atención.

Era muy atractiva y parecía nerviosa. Pero su nerviosismo no le extrañó en absoluto; ella también se había visto obligada a ir a Jarrod Ridge, aunque sus circunstancias fueran evidentemente distintas. Era una extraña en tierra extraña. A diferencia de él y de sus hermanos, estaba sola.

Sin embargo, Guy no permitió que sus sentimientos de simpatía le nublaran el juicio. Su hermano gemelo tenía razón; una hermana nueva no merecía heredar lo mismo que el resto de los Jarrod.

Christian lo vio unos segundos después. Sabía que el encuentro iba a ser difícil para Erica, pero se alegró de que empezara por Guy. Trevor y él siempre habían sido los dos hermanos más razonables y tolerantes del grupo.

–Hola, Christian, me alegro mucho de verte. Y supongo que tú debes de ser mi hermanita pequeña... –añadió, mirando a Erica.

Ella se ruborizó un poco y le estrechó la mano.

–Así es. Pero no sé si me gusta eso de hermanita pequeña. Prefiero que me llamen Erica –dijo con humor.

Guy sonrió.

−¿Ya te has acomodado?

−Supongo que sí, pero tardaré un poco en acostumbrarme al lugar.

−Si tienes miedo de perderte, pide un mapa en recepción; los tienen a montones. Pero, ¿qué te parece la mansión?

−Una maravilla. Debió de ser un lugar perfecto para crecer...

−Sí, supongo que debió de serlo −dijo Guy mientras alisaba una arruga del mantel−. Christian nos ha dicho que trabajabas en una empresa de relaciones públicas de San Francisco.

−En efecto.

−Entonces, nos serás de ayuda.

En ese momento apareció un empleado que se acercó a Guy y le susurró algo al oído.

−Tendréis que disculparme. Ha surgido un problema en la cocina y tengo que volver. Ya nos veremos por aquí, Erica.

Cuando Guy se marchó, Erica soltó un suspiró.

−¿Lo ves? No ha sido tan terrible −comentó Christian.

Ella alcanzó su vaso de agua y echó un trago antes de hablar.

−No, no lo ha sido tanto... aunque estaba realmente nerviosa. ¿Qué ha querido decir Guy con eso de os seré de ayuda?

Christian tenía intención de concederle un par de días de descanso antes de entrar en las cuestiones laborales, pero pensó que si tenía que ocupar su puesto en la familia Jarrod, sería mejor que empezara cuanto antes.

–Falta poco para que celebremos nuestro festival anual de vino y comida. Es todo un acontecimiento en Aspen. Durante varias semanas, ofrecemos degustaciones a clientes que vienen de todos los rincones de Estados Unidos y de Europa.

–Sí, lo conozco. Lo he visto alguna vez en las noticias. Se ha convertido en una especie de fiesta popular...

–Sí, se podría decir que sí. La ciudad depende del turismo y nuestro festival es una parte esencial de la economía de Aspen –afirmó–. Como Jarrod que eres, estás metida hasta las cejas en él.

Erica asintió.

–Bueno, si no hay más remedio... pero necesito que me des más explicaciones.

Una vez más, Christian se quedó asombrado con la fortaleza de Erica. La mayoría de las mujeres que conocía habrían sido incapaces de tomar una decisión con tanta rapidez; seguirían sentadas en San Francisco, intentando asumirlo todo. Pero Erica Prentice era diferente. Afrontaba los desafíos con determinación y no se dejaba amilanar.

–Tu hermano Trevor es el experto en mercadotecnia. Durante años ha tenido su propia empresa aquí mismo, en Aspen. Ahora se va a encargar de dirigir el departamento correspondiente de Jarrod Ridge.

–Menudo trabajo…

–Sí, debe de ser complicado. Pero ahora, también es tu trabajo. Vas a ser la jefa del departamento de relaciones públicas.

Erica se quedó tan pasmada que no pudo hablar.

–Trabajarás directamente con Trevor, pero tendrás tu propio despacho en la mansión y estarás más tiempo aquí que con él.

–Dios mío –dijo ella, preocupada.

–Trevor es un tipo bastante agradable y relajado. No te causará problemas.

Ella respiró hondo.

–Espero que tengas razón.

–La tengo. Y también acierto cuando digo que saldrás adelante.

–Sí, claro. Sólo tengo que zambullirme en un mar que desconozco.

–Pero sabes nadar, ¿verdad?

Erica sonrió.

–Sí, claro que sé nadar.

–Lo sabía.

Ella alcanzó el menú y se dispuso a elegir la comida. Christian la observó y se preguntó por qué se sentía cada vez más atraído por aquella mujer.

No era por su belleza, aunque fuera indiscutible. Tampoco era por la atracción de lo prohibido; al fin y al cabo, durante su juventud había tenido muchas aventuras con mujeres que, en principio, se encontraban lejos de su alcance por categoría social.

Pero no encontró la respuesta. Sólo sabía que la única mujer a la que deseaba era a la única que no podía tener.

Dos horas más tarde, Erica estaba sola en la suite. Christian se había marchado después de comer y ella había aprovechado la ocasión para explorar el edificio y los alrededores. Había hecho muchas cosas para llevar un día en Jarrod Ridge y empezaba a notar el cansancio.

Se sentó el sofá del salón y miró las revistas, libros, postales y folletos que había conseguido en la tienda de regalos de la primera planta del hotel. Quería saberlo todo del establecimiento, desde su historia hasta el tipo de servicios que ofrecía. Y entre toda la información, encontró algunas fotografías en blanco y negro de sus abuelos y de su padre biológico que, naturalmente, la fascinaron.

Por lo que leyó, su familia era mucho más interesante de lo que había supuesto. Los Jarrod eran aventureros, soñadores, hombres y mujeres que habían creado un legado duradero a partir de la nada, con el sudor de su frente.

Y ahora, ella formaba parte de esa familia.

Era un eslabón pequeño en una gran cadena.

Un momento después, llamaron a la puerta. Erica se sobresaltó, pero pensó que sería Christian; quizás había decidido regresar para darle otra vuelta por el hotel.

Súbitamente entusiasmada, se levantó del sofá, se alisó el vestido y sonrió.

Pero no era Christian, sino una mujer que llevaba dos botellas de vino en la mano.

−¿Prefieres tinto? ¿O blanco?

La mujer entró directamente en la suite, sin esperar que la invitara.

−¿Cómo? −preguntó Erica, confusa.

−Te he preguntado si prefieres tinto o blanco −repitió.

−Bueno, eso depende de la ocasión...

La recién llegada le dedicó una sonrisa.

–Buena respuesta –dijo–. Soy tu hermana, Melissa. Acabo de robar un par de botellas de la reserva personal de Guy para celebrar nuestro encuentro y conocernos mejor.

La actitud de Melissa la relajó de inmediato. Era una joven preciosa, de cabello rubio y grandes ojos azules. Llevaba unos pantalones negros ajustados, unos zapatos de aguja del mismo color y un top de color turquesa.

–¿Le has robado el vino a Guy?

–Por supuesto que sí. Cuando se entere, se va enfadar mucho conmigo... pero de momento, vivamos la vida.

Erica también sonrió.

–Un plan excelente –dijo.

–No sé si te parecerá tan bueno cuando te diga que Guy también se enfadará contigo cuando sepa que has sido partícipe. Pero no te preocupes por eso... formaremos un frente unido. El frente de las hermanas.

–Hermanas –repitió Erica.

Melissa arrugó la nariz y se encogió de hombros.

–Lo sé, lo sé... suena extraño, ¿verdad? Pero estoy segura de que tú y yo haremos un equipo magnífico.

Al notar la sinceridad de su mirada, Erica pensó que su experiencia en Jarrod Ridge no iba a resultar tan dura como había creído.

—¿Sabes una cosa? Creo que tienes razón. ¿Qué te parece si vamos a mi nueva cocina y buscamos un par de copas?

—Excelente —dijo Melissa, mientras abría camino—. Pero no te molestes en buscar... me encargué personalmente de arreglar la suite, de modo que sé dónde las han guardado.

—¿Te apetece que prepare unas palomitas?

—¿Cómo no me va a apetecer? En tal caso, abriremos la botella de vino blanco. Guy tiene el mejor vino blanco de todo Colorado.

—No quiero ni pensar lo que va a decir cuando se entere.

Melissa se volvió a encoger de hombros.

—Cualquiera sabe. Pero lo descubriremos juntas.

—Juntas.

Las dos mujeres prepararon lo necesario y se pusieron a disfrutar tranquilamente. Cuando terminaron la botella, decidieron seguir con el vino blanco; por suerte, había otra botella en el frigorífico.

Cualquier habría dicho que eran amigas de toda la vida.

—¿Sabes que preparas unas palomitas excelentes?

—Gracias. Ya le he dicho a Christian que sé cocinar.

—¿Y se quedó impresionado?

Melissa sacudió la cabeza y añadió:

—No, supongo que no; qué tonterías digo. A Christian sólo le impresionan los libros de contabilidad, los informes y los mandamientos judiciales.

—¿Lo conoces desde hace tiempo? —preguntó Erica mientras se recostaba en el sofá.

—Desde siempre —respondió su hermana—. Nos conocemos desde niños, pero Christian trabajaba entonces para el hotel y mi padre nunca aprobó que nos mezcláramos con los empleados... luego, cuando creció, papá se interesó tanto en él que empezó a ponerlo como ejemplo a seguir. No perdía ocasión de recordarnos que él había crecido sin tantos privilegios como nosotros y que, sin embargo, su éxito era mayor que el nuestro.

Melissa sacudió la cabeza y añadió:

—Debo confesar que mis hermanos y yo llegamos a estar bastante molestos con el gran Christian. Era irritante que papá nos restregara sus éxitos por la cara... Menos mal que Christian es un buen tipo; si no, las cosas se habrían puesto feas.

Erica intentó imaginar al joven Christian,

un joven que intentaba abrirse camino y que tendría que luchar contra la desconfianza de los hermanos Jarrod. Al parecer, tenían muchas cosas en común. Pero Erica no estaba tan interesada en su proceso de adaptación al mundo de los Jarrod como en la vida que había tenido antes de caer en gracia a Donald.

A decir verdad, le interesaba todo lo de él y se sorprendía pensando en él con más frecuencia de la conveniente. En primer lugar, no sabía si quería mantener una relación con alguien; en segundo, no sabía si tenía derecho a exponer a Christian a una situación tan inestable como la suya; y en tercero, ni siquiera sabía si Christian estaría interesado. Cabía la posibilidad de que no sintiera lo mismo que ella.

–¿Qué pasó cuando tu padre se interesó por Christian?

–Querrás decir nuestro padre –puntualizó con una sonrisa–. Papá lo ayudó a ir a la universidad y lo contrató cuando salió de la Facultad de Derecho. Aunque, ahora que lo pienso, lleva trabajando toda la vida para nosotros... pero en fin, el caso es que papá lo convirtió en el abogado oficial de la familia y no hubo más que hablar.

–Comprendo.

–Supongo que referirte a Donald como padre te resultará muy extraño...

–Sí, reconozco que sí. Pero tú me facilitas las cosas.

–Me alegro de poder ayudarte. Créeme; estoy encantada de tener a otra chica entre los Jarrod –le confesó.

–Gracias.

Erica lo dijo muy en serio. Se encontraba en un mundo completamente nuevo para ella y tenía la suerte de haber encontrado una aliada.

De repente, Melissa señaló los folletos y las revistas que Erica había desperdigado sobre la mesa y preguntó:

–¿Qué es todo eso?

Erica soltó una carcajada y se puso a ordenarlos.

–Intentaba averiguar todo lo posible sobre Jarrod Ridge.

Melissa tomó un sorbo de vino.

–Hay una forma mucho más fácil. Pregúntame a mí.

–Te preguntaré en cuanto sepa qué preguntar.

–Trato hecho. Por cierto, Christian nos dijo que trabajabas en el campo de las relaciones públicas.

Erica se alegró de que la conversación se

internara por terrenos más familiares para ella.

–Sí. Y al parecer, también voy a hacerlo aquí.

–Eso significa que trabajarás con Trevor... te caerá bien. Trevor es bastante despreocupado y no pierde los estribos con facilidad. A diferencia del resto de mis hermanos.

–He conocido a Guy esta tarde.

–¿Y cómo te ha ido?

–Bueno, ha estado frío pero cortés.

–Sí, no me sorprende en absoluto. Guy es muy razonable. En eso tampoco se parece a Blake, pero descuida, ya se acostumbrará. Pero hazme caso... no dejes que te asuste.

Erica ya estaba preocupada ante la perspectiva de conocer a Blake, y las palabras de Melissa no sirvieron para tranquilizarla. Sin embargo, al menos estaba sobre aviso y tenía tiempo para prepararse.

–Estoy aquí y no me voy a marchar. Si a Blake le molesta, tendrá que vivir con ello.

Melissa sonrió de oreja a oreja.

–¡Bien dicho! Además, Blake es el mayor de los obstáculos; en cuanto lo superes, todo irá sobre ruedas. Sólo te quedará Gavin, que es algo introvertido. No te desesperes si no consigues sacarle una sonrisa. Él es así.

—Por lo que dices, me recuerda a mis hermanos mayores.

—Ah, sí, Christian me contó que tú también eras la única chica en tu familia... ¿Qué dijeron tus hermanos cuando les informaste de tu decisión de viajar a Aspen?

—Intentaron convencerme de lo contrario, al igual que mi pa... que Walter —se corrigió.

Melissa se inclinó hacia ella y le dio una palmadita en la mano.

—Tener dos padres resulta de lo más confuso, ¿verdad?

—Supongo que sí.

—Mira, es posible que mi padre fuera tu padre biológico, pero no debes olvidar que Walter Prentice es el hombre que te crió.

—Lo sé, pero...

Erica no terminó la frase. No sabía cómo expresar su necesidad de encontrar respuestas, ni su sentimiento de culpabilidad por haber dado la espalda a Walter.

—¿Tienes una buena relación con él?

—No, en absoluto. ¿Y tú y tu padre? ¿Cómo os llevabais?

Melissa suspiró.

—Regular. Yo tenía dos años cuando mi madre falleció; supongo que papá no supo qué hacer conmigo, así que no hizo nada

–afirmó–. Sé que no tengo derecho a quejarme; crecí en el seno de una familia rica, con todas las ventajas que eso supone. Pero créeme... tu parte de la herencia es la más limpia de todas. No tuviste la desgracia de crecer aquí.

–Al menos teníais esta mansión. Es un lugar precioso.

–Lo es, pero una jaula de oro sigue siendo una jaula.

Melissa alcanzó uno de los folletos de la mesa y añadió:

–Bueno, dejemos el pasado para otro día. ¿Te gustaría ayudarme a diseñar una gama nueva de servicios para el balneario del complejo? Los que se ofrecen ahora son tan corrientes que me aburren. Incluso había pensado incluir clases de yoga... ¿tú haces yoga?

Erica rió y sacudió la cabeza. Melissa podía cambiar de temas de conversación con la velocidad de una ametralladora.

–No, qué va; me temo que no soy tan flexible. Pero me encantaría ayudarte con los servicios nuevos. Si el festival me deja tiempo...

Melissa bufó, disgustada.

–Ah, el festival... Lo había olvidado. Entonces, aceptaré tu ayuda cuando te quites de encima ese problema.

–Me parece muy bien.

La nueva hermana de Erica alcanzó su copa de vino y propuso un brindis.

–Por nosotras. Hermanas de nacimiento y amigas por elección.

–Por nosotras.

Sus copas tintinearon al chocar. Melissa habría dado cualquier cosa para que su encuentro con el resto de los Jarrod fuera tan agradable como aquel.

Capítulo Seis

A la mañana siguiente, Gavin entró en la mansión y se dirigió al despacho de Christian, donde Erica Prentice y el abogado lo estaban esperando.

Mientras caminaba, pensó que Erica no sería nunca su hermana. No era más que una desconocida que compartía parte del código genético de los Jarrod; una desconocida que, al igual que ellos, se había visto envuelta en las maquinaciones de su padre desde la tumba. Pero en su opinión, eso no le daba derecho a estar allí.

En realidad, Gavin no sabía qué pensar sobre la presencia de Erica. Ni siquiera sabía qué pensar sobre su propio regreso a Manor Jarrod. Cada vez que paseaba por las estancias de la mansión, notaba la presencia de su difunto padre y pensaba que estaría disfrutando de lo lindo desde el otro mundo, si es que existía.

–Típico de él –murmuró.

Cruzó el vestíbulo, tan lleno de gente como

de costumbre, y tomó el corredor que llevaba al despacho de Christian. Ya había tenido ocasión de hablar con Guy y con Melissa sobre la recién llegada; como cabía esperar, Guy no se había formado una opinión al respecto y Melissa se había puesto abiertamente de su lado. Pero su opinión le importaba bien poco. Gavin era de la clase de personas que tomaban decisiones por su cuenta y que nunca dejaban para mañana lo que podían hacer hoy.

A diferencia de Blake; Gavin lo conocía de sobra y estaba seguro de que se había marchado a Las Vegas para no estar en Aspen cuando Erica llegara. En cuanto a Trevor, se suponía que aquella misma mañana se iba a pasar por la mansión.

Estaba tan sumido en sus pensamientos que casi no vio a su hermano pequeño cuando apareció de repente por un pasillo lateral.

—No sabía si ibas a venir —dijo Trevor.

—Te dije que vendría.

Trevor sonrió.

—Claro, claro. Y tú siempre estás donde tienes que estar.

—¿Qué tiene eso de malo?

—Nada en absoluto —afirmó Trevor, sacudiendo la cabeza—. Pero, ¿no te cansas de llevar una vida tan cuadriculada?

–Yo no llevo una vida…

Gavin se refrenó; no quería discutir con él.

Trevor lo dejó estar. Siempre había admirado a su hermano mayor. De niño, casi lo idolatraba; pero ahora eran adultos y estaba convencido de que Gavin necesitaba espabilarse un poco. Era demasiado estricto y rígido. Desde su punto de vista, su vuelta a Jarrod Ridge podía ser un primer paso para que cambiara de actitud.

En cuanto a él, se encontraba en un caso distinto al de sus hermanos. Él siempre había vivido en Aspen; le gustaba la ciudad, le encantaba esquiar y todos sus amigos estaban allí. Pero se alegraba de que los demás hubieran vuelto.

–Supongo que ardes en deseos de conocer a esa mujer –dijo Gavin, muy serio.

Trevor rió. Estaba decidido a dar una oportunidad a Erica Prentice; al fin y al cabo, ella no tenía la culpa de ser hija de Don.

–Por tu tono de voz, cualquiera diría que te llevan a la horca –se burló.

–Y por el tuyo, que vas a una fiesta –contra atacó Gavin.

–Porque en cierto modo, lo es. Estamos a punto de conocer a nuestra hermana perdida. Y si no quieres darle un susto de muerte, deberías sonreír un poco.

–Tú ya sonríes por los dos.

–Eres incorregible, hermano. ¿No comprendes que esta situación es mucho más incómoda para ella que nosotros? Concédele una oportunidad.

–De acuerdo, se la concederé a ella; pero no a ti.

Trevor rió.

Siguieron andando hasta llegar al despacho de Christian. El abogado no tenía secretaria; cuando necesitaba algo, llamaba a alguno de los empleados del hotel y pedía lo que le hiciera falta. Sólo tenían que llamar a la puerta y entrar, sin intermediarios de ninguna clase.

Cuando los vio, Christian sonrió y dijo:

–No está aquí.

–Llega tarde, ¿eh? –ironizó Gavin.

–No. Nosotros hemos llegado pronto –puntualizó su hermano.

Trevor cruzó la habitación y se sentó en uno de los sillones. Después, miró a Christian y preguntó:

–¿Cómo es nuestra nueva hermanita?

***

Christian se echó hacia atrás y observó a los dos hombres. Gavin estaba inclinado hacia un lado, con los brazos cruzados sobre el pecho; Trevor era la viva imagen de la relajación. Cuando le plantearon la posibilidad de conocer a Erica juntos, Christian se mostró encantado porque sabía que la presencia de Trevor contribuiría a mitigar la frialdad de Gavin.

–¿Que cómo es? –murmuró.

Su mente se llenó automáticamente de imágenes. Recordó los ojos, la boca y la silueta de Erica. Recordó su propio deseo hacia ella.

Pero obviamente, los hermanos Jarrod no esperaban una descripción de carácter erótico.

–Es inteligente, fuerte y divertida –dijo al fin–. Naturalmente, está tan nerviosa como cabe esperar en esta situación; pero también está decidida a que las cosas salgan bien. Esto es importante para ella.

–¿Por qué? –se interesó Gavin.

–Buena pregunta –intervino Trevor.

Christian frunció el ceño y respondió.

–Erica se crio con un hombre muy parecido a Don Jarrod y tuvo una infancia parecida a la vuestra… Poneos en su lugar. De repente, ha descubierto que tiene una familia nueva. Es lógico que quiera aprovechar la oportunidad.

–Ya –dijo Gavin.

Christian lo miró fijamente.

–Erica sabe que algunos de vosotros no estáis precisamente dispuestos a darle una cálida bienvenida. Pero, por lo que sé, está acostumbrada a recibir ese trato por parte de sus hermanos.

–Básicamente, nos estás diciendo que podemos ser buenos con ella o comportarnos como esos canallas de los Prentice –dijo Trevor.

–Básicamente –repitió Christian–. Erica no tiene la culpa de nada... si os molesta que Donald tuviera un aventura con su madre, enfadaos con él; no con ella.

Gavin cambió de posición, incómodo.

–Yo no he dicho que la culpe –se defendió–. Simplemente, es una situación incómoda. Para todo el mundo.

–Lo es.

La voz que sonó era la de Erica, que acababa de entrar en el despacho.

Christian miró hacia la puerta y se levantó.

–Erica...

Ella sonrió y entró en la habitación. Gavin y Trevor se levantaron al instante.

–Lamento interrumpiros de este modo. Acababa de entrar y he oído vuestra conversación sin querer...

–No nos has interrumpido –dijo Christian–. Pero permíteme que te presente a Gavin y a Trevor.

Trevor sonrió y Erica le devolvió la sonrisa. Gavin permaneció impertérrito durante unos segundos, pero entonces dio un paso adelante, le estrechó la mano y dijo:

–Bienvenida, Erica.

–Gracias. Tenías razón en lo que estabas diciendo... esta situación es extraordinariamente difícil para todos.

–En efecto –dijo Trevor–. Razón de más para que no prestes atención a lo que te hayan podido decir de nosotros. Es normal que estemos algo nerviosos.

–Lo comprendo de sobra.

–Cuando te hayas acostumbrado a la mansión y estés más tranquila, ven a verme –continuó Trevor–. Falta poco para el festival anual del hotel y sobra decir que casi todo el trabajo de publicidad está hecho; pero quedan algunos cabos sueltos con los que me podrías echar una mano.

Erica asintió.

–Conozco la celebración, aunque no he asistido nunca. Anoche, Melissa me enseñó algunas de las cosas que has estado haciendo... son impresionantes.

Trevor sonrió, satisfecho.

–Pero tengo algunas ideas que te podrían interesar –añadió ella.

Trevor entrecerró los ojos un momento y volvió a sonreír.

–En tal caso, ¿te parece bien que quedemos mañana?

–Me parece perfecto.

Gavin los interrumpió.

–Sé que todo esto es complicado para ti. De repente estás en una ciudad y con una familia de las que no sabías nada hasta hace una semana.

–Así es.

–Te confieso que estaba decidido a que no me gustaras; pero respeto mucho a la gente que sabe defenderse a sí misma.

–Y yo respeto a cualquiera que proteja a su familia –dijo ella.

Gavin asintió.

–Empiezo a pensar que en Jarrod Manor hay sitio para ti... hermanita.

Erica sonrió a Gavin. No se podía afirmar que sus problemas estuvieran resueltos, pero había dado un paso importante.

Al cabo de unos minutos, los dos hermanos se excusaron y se fueron. Christian la miró y volvió a sentir admiración por ella; a pesar de su nerviosismo, había salido victoriosa de una situación muy complicada.

–No ha ido tan mal, ¿verdad? –dijo Erica.

–Ha ido muy bien –puntualizó él–. Les has causado una gran impresión.

Ella lo miró a los ojos.

–No intentaba impresionarlos.

–Pero lo has hecho. Te has mostrado como eres y les has gustado. Los Jarrod respetan mucho a la gente con carácter.

–Eso es porque no se han dado cuenta de que las piernas me temblaban –dijo con humor.

Erica se acercó al balcón, contempló las montañas y siguió hablando.

–Has organizado esta reunión para estar presente y evitar que me enfrentara a ellos a solas, ¿verdad?

–Sí –admitió–. Supuse que sería más fácil.

Erica se giró hacia él.

–Supusiste bien. Gracias.

Cuando la miró a los ojos, Christian tuvo que hacer un esfuerzo para no tomarla entre sus brazos y besarla hasta dejarla sin respiración.

–De nada. Aún tienes que conocer a Blake, el más duro de todos; pero no volverá hasta dentro de un par de días.

–Por lo que me han dicho, puede ser un problema.

–Sí, podría serlo; pero Blake es un buen hombre. Aunque esté molesto con la situación, sabe que no es culpa tuya.

Erica suspiró.

–¿Y tú qué piensas de todo esto, Christian? A fin de cuentas, eres un observador objetivo... ¿Crees que saldrá bien?

Christian se acercó.

–Por supuesto que sí. De hecho, ya te has ganado un sitio en Jarrod Manor. Tu hermana está encantada contigo y tus hermanos entrarán en razón.

Erica sacudió la cabeza y su cabello osciló suavemente sobre sus hombros. Christian tuvo que cerrar los puños para no acariciárselo.

–¿Por qué te has puesto de mi lado? Melissa me dijo anoche que conoces a la familia desde niño y que fuiste el abogado personal de Donald... Sería más lógico que los apoyaras a ellos –argumentó.

Él dio un paso atrás y se apoyó en la mesa.

–Don Jarrod era un hombre que no se dejaba conocer con facilidad. Podía ser muy duro, pero me ayudó en mi juventud y me ofreció un empleo cuando salí de la Facultad de Derecho... sin embargo, mi agradecimiento a los Jarrod no llega hasta el extremo de nublarme el juicio. Yo tomo mis propias decisiones.

Ella ladeó la cabeza.

–Y has decidido ayudarme.

–Sí.

–¿Por qué?

–¿Quieres saberlo de verdad?

–Claro.

Christian se encogió de hombros. No podía decirle la verdad. Quería mucho más que una simple amistad con ella; pero si tomaba ese camino, lo arriesgaría todo.

–Digamos que, por muchas cosas que les deba a los Jarrod, me debo más a mí mismo. Estoy de tu lado por la sencilla razón de que me parece lo más justo y de que puedo ayudarte.

–¿Te sientes responsable de mí? No es necesario, Christian... sé cuidarme sola.

Christian sonrió.

–Ya me había dado cuenta. Pero salgamos de aquí y demos un paseo. ¿Te apetece que te enseñe el lugar?

–Me encantaría.

Erica aceptó el brazo que Christian le ofreció y se marcharon juntos.

***

Caminaron un buen rato.

Erica estaba asombrada con la belleza del lugar. Jarrod Ridge era el sitio más bonito que había visto en toda su vida; el complejo hotelero venía a ser una pequeña ciudad con sus aceras, sus calles, sus jardines, sus chalés y sus cabañas.

Cuando pasaron por delante de la casa de Christian, él la invitó a entrar y ella aceptó. A Erica le pareció tan bonita como todo lo demás. Tenía una chimenea gigantesca en el salón y desde la cocina se veían los bosques y las montañas. Era tan acogedora que se imaginó a sí misma sentada en la mecedora del porche y disfrutando de una taza de café mientras admiraba los primeros rayos del sol.

Además, la casa sirvió para que conociera un poco mejor al abogado. La decoración hablaba de un hombre ordenado pero no obsesivo; tenía fotografías de su familia en las paredes y la cocina estaba perfectamente equipada, lo que significaba que sabía cocinar y que lo hacía con frecuencia.

Cuando salieron, Erica estaba más interesada en él que antes.

Lo tomó del brazo y siguieron con el paseo. Christian le indicó la localización de las casas de Gavin y Melissa y le enseñó las tiendas, las joyerías, la panadería y la heladería antes de mostrarle las piscinas y las instalaciones deportivas del complejo.

El sol se estaba poniendo, el cielo seguía despejado y ella se sentía como si estuviera en un universo paralelo.

Todo le parecía perfecto. Incluso el hombre que caminaba a su lado.

Christian no llevaba traje, vestía unos vaqueros, una camisa blanca y unas botas negras con aspecto de haber visto mucho mundo. Erica lo prefería así, con ropa informal y lejos de cualquier tipo de lujos, porque demostraba que su seguridad y su energía no surgían de elementos externos como su trabajo o un coche caro, sino de su forma de ser.

Se cruzaron con muchas personas; algunos sonreían y saludaban desde la distancia y otros se acercaban a Christian y le estrechaban la mano. Él se los presentó a todos y los trató con la misma cordialidad, tanto si eran directivos como empleadas de la limpieza.

Aquello le encantó. Erica había crecido con un hombre esencialmente clasista. Walter jamás habría saludado a una criada para presentársela a un amigo suyo. Pero Christian era diferente; el tipo de hombre que

Erica había estado buscando antes de que su mundo cambiara.

−¿Y bien? ¿Qué te parece?

Ella lo miró. El viento le había revuelto el cabello y estuvo a punto de apartarle un mechón de la frente.

−No quiero repetirme tanto, pero es maravilloso...

Él sonrió y señaló un punto en la distancia.

−Los establos y las pistas de equitación están allí. También tenemos un campo de golf, pero está al otro lado del complejo.

−Jarrod Ridge es como una ciudad pequeña.

−Sí, Don opinaba lo mismo y actuaba en consecuencia. Incluso hay un ambulatorio... lo dirige Joel Remy con ayuda de una enfermera; pero si surge algún problema grave, derivan a los pacientes al hospital.

−Hasta tenemos nuestro propio equipo médico −dijo ella, asombrada−. Es increíble.

−Vaya, es la primera vez que hablas de Jarrod Ridge en primera persona del plural... Se nota que te empiezas a sentir integrada.

Ella asintió.

−Supongo que sí. Esto es bastante abrumador, pero también apasionante. No sé si me entiendes.

–Claro que te entiendo. Y estoy seguro de que aquí encontrarás tu lugar.

Erica sonrió.

–Sí, es posible.

–Sé de lo que estoy hablando, Erica. Hubo un tiempo en el que yo tampoco estaba seguro de querer quedarme aquí, pero comprendí que éste era mi hogar y tomé la decisión de ganarme un espacio en Jarrod Ridge.

–¿Por qué? –preguntó con curiosidad.

Él se metió las manos en los bolsillos de los vaqueros.

–Ya te he contado que crecí en Aspen.

Erica asintió en silencio y dejó que hablara.

–Empecé a trabajar como ayudante de camarero en el restaurante principal de la mansión. Lo adoraba... bueno, no me gustaba trabajar en el restaurante, pero adoraba estar allí, formar parte de todo aquello –declaró–. Para mí era como una gran familia. Ten en cuenta que mi padre falleció cuando yo tenía tres años y que mi madre trabajaba todo el tiempo.

Christian respiró hondo y siguió hablando.

–Yo sabía lo que quería. Quería pertenecer a un sitio como éste. Así que me concentré en los estudios, conseguí una beca y más tarde, con ayuda de Don, pude ingresar en la Facultad de Derecho.

–¿Por qué te ayudó?

–A decir verdad, no tengo ni idea –respondió con una sonrisa–. Don nunca daba explicaciones sobre esas cosas. Pero me gusta creer que vio algo especial en mí y que quería que trabajara para él.

–Es lo más probable.

–Puede ser, pero no estoy seguro. Sólo sé que me ayudó a convertirme en abogado y que yo lo ayudé a convertir Jarrod Ridge en lo que ves hoy.

–Entonces, conseguiste tus objetivos...

–Sí, lo logré. Y siempre estuve en deuda con Don... Él se encargaba de recordármelo.

Erica lo miró con extrañeza.

–¿Qué quieres decir?

–Que Don dejó bien claro lo que esperaba de mí. Lo dejó por escrito, en mi contrato laboral –respondió–. Incluso se tomó la molestia de añadir una cláusula especial en el testamento, como si yo necesitara que me lo recordaran.

–¿Una cláusula?

Christian la miró a los ojos.

–Sí. Especifica que si quiero mantener mis acciones en Jarrod Ridge, tengo que mantenerme leal al negocio.

–Bueno, eso no es tan terrible...

–No lo sería si no fuera porque la cláusula dicta que debo mantenerme alejado de sus hijas –explicó.

Erica sacudió la cabeza. No lo podía creer.

–¿Cómo? ¿Qué has dicho?

Christian suspiró.

–No lo dice exactamente con esas palabras, pero viene a decir eso. Aunque ahora sea un abogado con éxito y con dinero, Don nunca dejó de considerarme un chico pobre en busca de una oportunidad. Y no quería que ese tipo de personas se acercaran a sus hijos. ¿Lo comprendes ahora, Erica? Estás completamente fuera de mi alcance.

Capítulo Siete

–Eso es ridículo –declaró, perpleja.

Christian se encogió de hombros.

–Cosas de Don.

–Es tan absurdo que parece salido de la Edad Media –insistió.

Erica se dio la vuelta, se alejó un poco y se volvió a girar. Cuando lo miró a los ojos, supo que su deseo era recíproco.

–¿Por qué me lo has contado, Christian?

–Lo sabes perfectamente. Te lo he dicho porque entre nosotros hay algo.

–Y no quieres que haya nada...

–Yo no he dicho eso. Pero ésta es mi vida; he trabajado mucho para llegar adonde estoy. No puedo ponerla en peligro.

–Sí, es tu vida; pero también es la mía. Don no tiene nada que ver con esto.

Christian soltó una risa irónica.

–Se nota que no lo conociste.

–No, no lo conocí; pero si lo hubiera conocido, tampoco permitiría que tomara decisiones en mi nombre –declaró, enfadada–.

Rechacé a Walter cuando quiso impedir que viniera a Aspen y me niego a que Donald Jarrod decida desde la tumba con quién puedo y no puedo salir.

–¿Crees que eso me agrada? ¿Crees que me gusta bailar al son de la música de Don? Va contra todo lo que soy.

–Entonces, ¿por qué lo soportas?

–Porque mi pobre madre tuvo que trabajar toda su vida y no quiero que vuelva a pasar calamidades. Gracias a mi trabajo en Jarrod Ridge, tiene una casa en Orlando, juega al golf, se va de crucero con los amigos siempre que tiene oportunidad y puede comprarse lo que quiera sin volver a preocuparse por el dinero –respondió Christian con vehemencia–. No importa lo que yo sienta o pueda llegar a sentir por ti; no puedo arriesgar el bienestar de mi madre.

–Ni yo te lo he pedido.

–Entonces, entenderás que esto no tiene futuro...

–Ni mucho menos. Sólo entiendo que tú lo crees así.

Christian suspiró de nuevo, la tomó de la mano y dijo:

–Ven conmigo.

Ella se negó a moverse.

–¿Adónde?

—Quiero enseñarte algo. Ven conmigo, por favor.

Erica asintió y lo acompañó de la mano. Pero en lugar de seguir por el camino, que estaba trazado, empezaron a ascender por una colina.

—¿Adónde vamos? —insistió.

—Quiero que veas algo que no tiene nada que ver con Don ni con su negocio.

—¿Aquí? ¿En Jarrod Ridge? Pensé que todos estos terrenos eran de la familia.

—No, no todos.

Entraron en un bosque que se fue haciendo más denso. A medida que caminaban, los sonidos del complejo se perdieron en la distancia. Ya sólo se oía el canto de los pájaros y un rugido de agua que aumentaba poco a poco.

Giró la cabeza un momento y miró hacia atrás. Sólo se veían árboles y más árboles.

De repente, Christian se detuvo y ella miró a su alrededor, pasmada ante tanta belleza. Un río de montaña corría a sus pies, saltando entre las rocas y la arena de la orilla. El agua era absolutamente transparente.

Se acercó, dominada por el hechizo de aquel lugar mágico, y respiró hondo.

—Éste era mi sitio preferido cuando era niño —explicó él—. Si estaba deprimido o necesitaba pensar, venía y me sentía bien de inmediato.

–No me extraña en absoluto –dijo ella–. Y supongo que habrás traído a muchas mujeres… ¿A cuántas en total?

–¿Contándote a ti?

Erica asintió.

–Veamos… a una.

Ella se llevó una buena sorpresa.

–¿Sólo me has traído a mí?

–Sólo a ti.

–No lo entiendo. Después de lo que me has dicho sobre Don y la cláusula de tu contrato… ¿Por qué me has traído aquí?

Christian la miró con dulzura, como si la estuviera acariciando.

–Porque debía hacerlo –respondió.

Después, se acercó a ella y la besó en la boca.

La besó con una pasión de la que ni siquiera se sabía capaz. Ella se entregó sin resistencia alguna, dándole la bienvenida.

Christian ya había imaginado que sería así. Sabía que la electricidad que había entre ellos se convertiría en una cascada de luz y de calor en cuanto se tocaran.

Gimió y se rindió a las sensaciones de su

cuerpo. No quería pensar en nada más. El sabor de su boca parecía llenar hasta los rincones más oscuros de su alma.

Sus lenguas se encontraron y se acariciaron una y otra vez. Christian le puso una mano en la espalda y la acarició. Ardía en deseos de quitarle la camiseta roja que se había puesto, pero se contentó con levantarla lo suficiente para tocar la piel desnuda de su cintura. Necesitaba sentir su contacto.

Ella se estremeció de placer y le pasó los brazos alrededor del cuello. Él sintió sus senos contra el pecho y notó que sus pezones se habían endurecido.

Christian se apretó contra sus caderas. La deseaba desde el primer día, desde que se conocieron en San Francisco. Y ahora que por fin estaban juntos, no quería volver a separarse de ella.

Gimió, dejó de besarla y la miró a los ojos.
Erica sonrió.
–¿A qué ha venido eso? –dijo con humor.
–Discúlpame. Te aseguro que he intentado contenerme, pero he deseado besarte desde el momento en que te vi por primera vez –confesó él.

Erica le acarició la mejilla.
–Me alegra saberlo, porque me ocurre lo mismo. Te deseo, Christian.

Él se excitó más de lo que habría creído posible.

—Veo que no me lo vas a poner fácil...

—Por supuesto que no. Por duro que te resulte, no deberías permitir que los caprichos de Don se interpongan entre nosotros.

—Por eso te he traído al río. Necesitaba tenerte, aunque sólo fuera un día.

—¿Es que un día sería suficiente?

Christian apartó las manos de su cintura y ascendió hasta detenerlas sobre sus pechos; después, le acarició suavemente los pezones, por encima del encaje del sostén.

Ella gimió.

—No —admitió—, no lo sería. No he dejado de pensar en tocarte, en probarte. He soñado con tenerte sobre mí, debajo de mí...

—Oh, Christian...

Lentamente, él bajó las manos hasta los pantalones de Erica y le desabrochó el botón. Sus miradas se encontraron en ese momento y Christian tuvo la sensación de que todo el universo, o al menos el universo que le importaba de verdad, estaba en aquellos ojos de color ámbar.

—Necesito tocarte —susurró mientras le bajaba la cremallera.

—Sí, por favor.

Él sonrió y le puso una mano en la cintura mientras introducía la otra por debajo del elástico de las braguitas. Luego, descendió milímetro a milímetro, pasando por encima de los rizos de su pubis, hasta llegar al interior de sus muslos.

Cuando notó su humedad, supo que le deseaba tanto y tan desesperadamente como él a ella. Erica se estremeció y cerró los ojos.

Christian la tocó y exploró sus delicados pliegues, aprendiendo los detalles de su cuerpo, aprendiendo lo que más le gustaba, lo que la volvía loca. Contempló su cara durante unos segundos y vio que estaba inflamada por el rubor del deseo, así que le acarició el clítoris con un movimiento suave que le arrancó un gemido.

Mientras el sol se ocultaba definitivamente, Christian regaló a Erica un camino rápido al placer. La masturbó de forma implacable, hasta que ella gimoteó y pronunció su nombre en tono de ruego mientras movía las caderas contra su mano. Entonces, separó un poco más los muslos, como invitándolo a ir más lejos.

Christian aceptó la invitación e introdujo un dedo, y luego otro, en su cuerpo.

–Ah...

Él consideró la posibilidad de tumbarla

en la hierba, al abrigo de los árboles, pero no se atrevió. Corrían el riesgo de que alguien pasara por allí y los descubriera en una situación comprometida. No tenía más remedio que contentarse con lo que tenía; pero no había nada más importante para él.

Ella gimió, suspiró, se estremeció y él insistió una y otra vez, aumentando su tensión, hasta llevarla al borde del orgasmo.

–Déjate llevar –murmuró Christian–. Déjate llevar y dame tu placer.

Erica se aferró a su camisa con fuerza, como si estuviera al borde de un precipicio y tuviera miedo de caer al vacío.

–Christian...

El orgasmo la asaltó en ese momento. Su cuerpo tembló entre olas de placer que se fueron apagando poco a poco, hasta dejarla completamente agotada.

Él la abrazó con fuerza. Los latidos del corazón de Erica se hicieron más lentos y parecieron adoptar el ritmo de su propio corazón. Pero no era suficiente. Por algún motivo, había pensado que su deseo perdería intensidad cuando conociera el contacto de su piel. Sin embargo, la deseaba más que nunca y se sentía profundamente insatisfecho.

Echó la cabeza hacia atrás y miró el cielo.

En ese momento se dio cuenta de que le acababa de pasar algo increíble, algo que podía cambiar su vida.

Pero no sabía si quería que su vida cambiara. Ni si podía impedirlo.

Erica vio poco a Christian durante los dos días siguientes, aunque apenas tuvo tiempo de lamentarlo. Estaba muy ocupada con la organización del festival anual y debía ponerse al día con los planes de Trevor.

Trabajar con su hermano resultó más divertido de lo que había supuesto. Erica conocía bien su profesión; sabía cómo promocionar un producto para convencer a los clientes, y el festival de Jarrod Ridge no era distinto en ese sentido a sus trabajos anteriores. Tuvieron que elegir carteles, organizar sesiones fotográficas y hasta decidir sobre los menús para los vendedores que llegaban de otras ciudades.

Durante unas semanas, el complejo hotelero se iba a convertir en el centro de la industria del vino y de la gastronomía de Estados Unidos.

Y Erica estaba encantada. De hecho, no recordaba haber sido más feliz.

Su despacho, situado en la planta baja de

la mansión, era bastante más grande que el que tenía en San Francisco y, naturalmente, más luminoso. Cuando necesitaba ayuda, la pedía y se la daban. Y Trevor se mostraba más que dispuesto a discutir con ella cualquier cuestión relativa a sus responsabilidades.

Pero extrañaba a Christian.

Aquella mañana, se levantó del sillón del despacho, se acercó a uno de los balcones y contempló el jardín de estilo inglés. Tenía la sensación de que el abogado de los Jarrod la estaba evitando, pero no estaba segura de saber por qué.

Cada vez que cerraba los ojos, se acordaba de lo sucedido en el río y casi volvía a sentir sus caricias y el sabor de su boca.

Había sido la experiencia amorosa más apasionante de su vida.

Mientras miraba el jardín, se preguntó si Christian mantenía distancias por atenerse a los deseos de Don o, simplemente, porque el encuentro no había sido tan satisfactorio para él como para ella.

Justo entonces, la puerta del despacho se abrió.

–Christian... precisamente estaba pensando en ti.

–Hola, Erica –dijo él con frialdad.

A Erica le dolió su actitud, pero lo disimuló. Ella también sabía jugar a ese juego. Si Christian se empeñaba en adoptar un tono distante y profesional, le pagaría con la misma moneda.

-¿Te puedo ayudar en algo?
-He venido a presentarte a...
-A mí -dijo otro hombre que Erica no había visto hasta ese momento-. Soy Blake; Blake Jarrod.

Erica lo miró a los ojos y no encontró ninguna calidez en ellos, pero mantuvo el aplomo y declaró:

-Encantada de conocerte.

Blake la miró y pensó que su hermano gemelo tenía razón; su hermana había heredado los rasgos familiares. De hecho, tenía una actitud tan desafiante y una mirada tan intensa que le recordó mucho a Donald.

Pero eso no significaba que estuviera dispuesto a darle la bienvenida como si fuera la hija pródiga, ni que mereciera una parte de la herencia familiar. Tener la misma sangre no era suficiente. Aunque todo el mundo pareciera dispuesto a concederle una oportunidad, él no era tan fácil de convencer.

De momento, Erica Prentice no era otra cosa que una intrusa.

–Veo que ya te sientes como en casa –dijo Blake, echando un vistazo a su alrededor.

Erica se acercó y decidió dejarse de rodeos.

–Blake, sé que esto es muy difícil para todos. No espero que me aceptéis de la noche a la mañana.

Blake cruzó los brazos y asintió.

–Sin embargo, espero que se me conceda una oportunidad –añadió ella.

–No me digas –ironizó.

Erica lo miró a los ojos, negándose a sentirse acobardada por aquella mirada de acero. Ya le habían advertido que Blake sería el más difícil de convencer, de modo que se mantendría firme y afrontaría cualquier situación que se le presentara.

Además, Christian estaba presente, observando la escena, y no quería mostrarse débil delante de él.

–Sí, espero que se me conceda. Como se le concedería a cualquier empleado nuevo –insistió Erica–. Creo que es lo justo.

Blake lo pensó durante unos segundos. Después, asintió otra vez y le ofreció la mano, que ella estrechó.

–Muy bien. Te concederé una oportunidad.

—Gracias.

Erica rompió el contacto y retrocedió.

—He quedado con Gavin para hablar de negocios, así que será mejor que me marche —dijo Blake—. Si me disculpáis...

Christian y Erica se quedaron a solas, en un silencio incómodo.

—Has manejado bien la situación —dijo él al final.

—Gracias. ¿Eso es todo? ¿Querías algo más?

—Erica...

—Ahora no tengo tiempo para hablar, Christian —lo interrumpió—. Trevor quiere ver el cartel que he diseñado para el festival y...

—Te he echado de menos.

Ella lo miró fijamente.

—¿En serio? Si hubieras querido verme, sólo tenías que venir a mi despacho. He estado aquí casi todo el tiempo.

Christian suspiró y dio unos pasos hacia ella. Erica se dio cuenta de que tenía ojeras; era evidente que no había dormido bien.

Deseó acariciarle la cara, pero no sabía cómo iba a reaccionar y se contuvo.

—Es complicado —dijo él.

—¿Complicado? No me has dirigido la palabra desde que...

—¿Y crees que no lo he deseado? ¿Crees

que no he pensado en ti cada segundo, cada minuto de estos días?

El corazón de Erica se aceleró. La mirada de Christian estaba llena de deseo.

–¿Cómo podría saberlo? Me has estado evitando.

–Sí, es verdad; te he estado evitando. Porque sabía que, si no te evitaba, pasaría esto.

Christian la abrazó con tanta fuerza que casi la dejó sin respiración.

Y a ella no le importó en absoluto.

No le importó porque ya sentía el contacto de sus labios en la boca; porque ya sentía la caricia de sus manos en el cabello; porque ya sentía el calor de su cuerpo y la presión dura de su sexo, en demostración de lo mucho que la deseaba.

Se apretó contra él un poco más, rindiéndose a las emociones que Christian despertaba en ella. Se sentía como si la sangre le hirviera en las venas. Estaba tan excitada que cuando él la soltó y dio un paso atrás, estuvo a punto de perder el equilibrio.

Desesperada, Erica lo miró a los ojos y se preguntó si estaba jugando con ella y, en tal caso, por qué se lo permitía.

–Sí, te deseo –continuó él con mirada intensa y voz llena de necesidad–. El simple hecho de estar a tu lado me resulta doloroso... pero ya tienes bastantes problemas en este momento; no necesitas que añada otro.

Erica parpadeó. Ni podía creer lo que estaba oyendo ni estaba segura de que Christian fuera sincero.

—De modo que te retiras por mi bien, ¿no? Haces un gran sacrificio para evitar que la pobre Erica se confunda por tener demasiadas cosas en la cabeza —ironizó.

Él la miró con sorpresa. Evidentemente, no esperaba esa reacción.

—Sólo estoy diciendo que...

Erica lo interrumpió. Ya había oído bastante.

—Estoy harta de que la gente decida lo que es mejor para mí. Mi padre y mis hermanos lo hicieron durante años. Si crees que voy a permitir que me hagas lo mismo, estás muy equivocado.

Ella estaba temblando, y no sólo por la rabia. Christian había desatado el volcán de su deseo y lo había enfriado antes de que pudiera estallar.

—No intento decidir por ti.

—No, por supuesto que no. Te limitas a decir que no quieres saber nada de mí. No te preocupes, Christian; lo has dejado muy claro... Pero descuida, no me voy a enfadar por eso. Además, te estoy muy agradecida.

No sé lo que habría pasado si no me hubieras ayudado con los hijos de Don.

–Erica, maldita sea...

–Déjalo estar, ¿quieres? Tengo mucho trabajo y supongo que tú también.

Christian la miró fijamente durante un par de segundos. Después, asintió como si hubiera asumido que la conversación había terminado.

–De acuerdo. Lo dejaremos aquí. De momento –dijo–. Pero ninguno de los dos va a ir a ninguna parte, así puedes estar segura de que volveremos a hablar.

–¿Tú crees? ¿Desde cuándo tienes derecho a decidir por los dos? ¿Quién te ha dado ese poder?

–¿Cómo dices?

La voz de Christian sonó tensa y tan enfadada como la suya, pero Erica se alegró. No era justo que sólo ella se sintiera mal.

–¿La opinión que tienes de mí es tan mala que no me crees capaz de tomar mis propias decisiones? –preguntó.

–Por supuesto que no. No he insinuado eso en ningún momento.

–¿Que no lo has insinuado? Claro que sí, Christian. Es precisamente lo que has dicho... la pobre Erica, que ya tiene bastantes problemas sin que tú le sumes otro.

–Malinterpretas deliberadamente mis palabras.

–Al contrario. Te entiendo mejor que tú mismo.

–¿Qué significa eso?

–Que no se trata de mí. Puedes convencerte a ti mismo de que lo haces por mi bien, pero rompes conmigo por acatar los deseos de un hombre muerto.

Los ojos de Christian brillaron momentáneamente con ira. A continuación, apretó los dientes y dio un paso hacia ella con intención de acariciarla, pero Erica se apartó porque tenía miedo de lo que pudiera pasar.

–Yo mismo te dije que no puedo correr el riesgo de perder mi empleo y la vida por la que tanto he luchado –declaró él–, pero también es cierto que te encuentras en una situación muy difícil y que no debo complicarte las cosas.

–Oh, basta ya –murmuró, irritada–. Márchate si quieres y déjame en paz.

Christian se acercó un poco más y se detuvo antes de tocarla.

–Ojalá pudiera. Ojalá tuviera la ocasión de sacarte de mi corazón y de mi cabeza, pero no es posible.

Ella soltó una risotada triste.

–Pues yo diría que has hecho un gran trabajo.

–No, en absoluto. Estás todo el tiempo en mis pensamientos. Me persigues todo el día y no sé qué hacer.

Christian extendió un brazo. Esta vez, Erica no se apartó.

Le acarició la cara, la miró a los ojos y dijo:

–Ni tú ni yo podemos negar lo que sentimos.

–¿De verdad? –preguntó ella con incertidumbre–. ¿No es eso lo que hemos estado haciendo estos días?

–No, no es eso.

Entonces, la besó. Fue un beso apasionado y profundo, cargado de todo el afecto que Erica necesitaba.

Su corazón se aceleró tanto que, cuando dejaron de besarse, casi jadeaba. Pero al mismo tiempo, su corazón ya estaba levantando barreras contra él.

–No, no hagas eso –le rogó Christian–. Noto que intentas alejarte de mí.

–¿Como tú últimamente?

Christian la soltó y dio un paso atrás.

–No. Yo sólo he hecho lo que debía hacer.

–Porque no puedes arriesgarte por mí.

–Porque es mi vida –le recordó.

–Y la mía –dijo ella, tensa–. Y no permitiré que me borres de un plumazo por un capricho. No puedes excitarme y arrojarme después un cubo de agua fría. Me niego a jugar a ese juego, Christian.

–Te equivocas. No estoy jugando a nada. No sería capaz de ser tan cruel ni contigo ni conmigo –afirmó.

Ella se frotó los brazos, intentando disipar el frío que sentía de repente. Pero le había llegado a los huesos y se dio cuenta de que no volvería a sentir calor.

Su relación con Christian había terminado. Él se negaba a seguir adelante.

Cuando el abogado salió del despacho y la dejó sola, Erica se sentó y se giró hacia el balcón. El día, tan alegre y soleado, le pareció repentinamente oscuro.

Capítulo Ocho

A pesar de su enfrentamiento, se vieron casi todos los días durante la semana siguiente. Christian siguió haciendo las veces de guía mientras ella se acostumbraba a su nueva vida en Aspen, pero siempre se las arreglaba para mantener las conversaciones en terrenos poco comprometidos.

No estaba dispuesto a hablar de asuntos personales. Y ella debía de haber llegado a la misma conclusión, porque lo trataba como si Christian fuera un conocido lejano, con cortesía y frialdad.

Pero cada minuto que estaba a su lado, era una tortura.

Christian nunca había deseado tanto a nadie. Pensaba en ella constantemente. No era capaz de concentrarse en el trabajo; no podía pasear por las estancias de la mansión sin verla, sin oírla o sin oír que alguien hablaba de ella.

Erica se había ganado el afecto de los empleados y había asumido su posición en Jarrod Ridge como si hubiera nacido para ello. Christian pensaba que, en cierto modo, era verdad. A fin de cuentas, era una Jarrod.

Y ése era, precisamente, el problema.

Una mañana, llamó a la puerta de su despacho y entró. Erica estaba mirando fijamente la pantalla del ordenador. No había notado su presencia y se estaba mordiendo el labio, completamente concentrada en lo que estaba haciendo. Se había tomado el trabajo tan en serio que le dedicaba toda su energía.

Un momento después, ella alzó la vista y le vio. Como estaba a contraluz del balcón, sus ojos de color ámbar parecían más oscuros; pero Christian notó un nerviosismo súbito en sus facciones.

–Hola. ¿Necesitas algo?

–¿Es una pregunta con doble intención? –murmuró él–. Pero sí... Necesito saber si has aprobado el diseño para el jardín.

–Sí, ya lo he hecho. Se lo envié a Trevor hace un rato.

–Entonces, volveré a hablar con él. Lo estaba buscando y no lo encontraba, pero no tiene nada de particular... seguro que se le ha traspapelado.

Ella sonrió.

–Sí, eso es típico de Trevor.

–Veo que te cae bien.

–Es imposible que no me caiga bien. Tiene una forma de vivir que me parece absolutamente admirable; es quien es y no pide disculpas por ello. Se limita a disfrutar del presente, segundo a segundo.

Christian se sintió incómodo. Aunque Erica no lo había dicho de forma explícita, lo estaba comparando tácitamente con Trevor.

–¿Pretendes decirme algo?

Ella lo miró y sacudió la cabeza. Como tantas otras veces, Christian deseó acercarse y acariciarle el cabello.

–No, Christian, claro que no. Tú y yo nos hemos dicho todo lo que nos teníamos que decir –afirmó.

Él dio un paso hacia la mesa.

–No es cierto. No podría serlo, porque hay muchas cosas que ni siquiera hemos mencionado –contra atacó.

–Y es mejor que las callemos.

–Tal vez.

Christian tuvo que recordarse que la decisión de mantener las distancias había sido suya. Él había dado el primer paso. Él se había negado a continuar. Y por mucho que le molestara, Erica tenía razón al creer que no había roto la relación porque le preocupara su bienestar, sino por atenerse a los deseos de un hombre muerto.

Lamentó que Don Jarrod hubiera fallecido. De haber seguido con vida, las cosas habrían sido bastante distintas. Él habría ido a su despacho, le habría confesado lo que sentía por Erica y habría hecho ver al viejo canalla que la cláusula de su contrato era absolutamente medieval. Pero Don no estaba y Christian sabía que la dirección del hotel se limitaría a cumplir las disposiciones de su testamento.

Además, tampoco podía hablar con los hijos de Don para pedirles que lo apoyaran. Había grandes posibilidades de que estuvieran de acuerdo con su padre.

Se sentía atrapado.

—Olvida el asunto, Christian —dijo ella—. Dejemos de torturarnos el uno al otro.

Christian se metió las manos en los bolsillos para resistirse a la tentación de tocarla. Echaba de menos su contacto, su aroma, su sabor. La deseaba tanto que el deseo lo estaba volviendo loco.

En ese momento, ella alzó una mano y le apartó un mechón de la frente. Christian respiró hondo de un modo tan brusco que Erica la apartó enseguida.

—Lo siento —se disculpó—. Sigo enfadada

contigo, pero aún debo recordarme que no debo tocarte.

–Sí, a mí me ocurre lo mismo –le confesó.

Christian maldijo a todos los Jarrod para sus adentros. Y maldijo particularmente a Don, por haberlo condenado a una situación imposible.

–Supongo que tendremos que aprender a vivir con ello –comentó Erica.

Él asintió.

–Supongo. En fin, me voy a hablar con Trevor.

–Te acompañaré.

Ella se levantó y se alisó un poco la camisa blanca y la falda. Sus piernas, largas y morenas, terminaban aquel día en unos zapatos de aguja que las hacían parecer aún más largas.

Pasó junto a él y salió al corredor. Al cabo de unos momentos, se encontraron con Gavin y Blake, que estaban esperando el ascensor.

–Hola, chicos –dijo Christian–. ¿Qué ocurre?

Blake miró a Erica con incertidumbre y respondió:

–Nada; sólo estábamos charlando. ¿Adónde vais?

–A hablar de trabajo con Trevor –respondió Erica.

–Ah, muy bien.

Gavin y Blake entraron en el ascensor, que ya había llegado, y se despidieron.

La puerta se cerró; pero antes de que el ascensor se pusiera en marcha, Christian y Erica oyeron la voz de Gavin:

–Por todos los demonios, Blake... siempre pones esa cara cuando te cruzas con Erica. No es tu enemigo.

Erica y Christian siguieron andando hacia el despacho de Trevor.

–Podría ser peor –dijo ella con ironía.

Christian le puso una mano en el brazo para que se detuviera.

–No te preocupes, Erica –dijo–. Blake entrará en razón más tarde o más temprano. Recuerda que esto es difícil para todos.

–No son los sentimientos de Blake lo que me preocupa, Christian. Él, al menos, es sincero conmigo.

Erica se apartó y siguió caminando sin mirar atrás. No llegó a ver la expresión sombría de Christian.

La sala principal del balneario de Jarrod Ridge era tan lujosa que casi resultaba decadente. Pero por eso mismo, le pareció perfecta.

La piscina era redonda y de agua increíblemente azul; de sus paredes surgían chorros de relajantes burbujas y el único sonido que se oía era el de las cascadas que vertían sus aguas en el lugar.

Erica se sentía mejor que nunca, aunque también culpable por no haber hecho nada en todo el día. Pero la idea no había sido suya, sino de Melissa. Además, su semana había sido tan dura que necesitaba alejarse de Christian y de la mansión.

–Nos vas a dejar en mal lugar, Erica –dijo Melissa con un suspiro–. No es necesario que te conviertas en la Jarrod del año cuando acabas de llegar a Aspen.

Erica sonrió. Estaba haciendo un trabajo tan bueno que ya se había ganado el respeto de sus hermanos; incluso había conseguido que Blake le dirigiera la palabra sin mirarla como si la fuera a matar.

Por primera vez, Erica tenía la sensación de que la aceptaban por la persona que era y por lo que podía hacer por los demás.

Era una sensación maravillosa. O lo habría sido si Christian no hubiera ocupado sus pensamientos.

Ya ni siquiera la hablaba; no habían intercambiado una sola palabra desde la semana anterior, cuando se vieron en su despacho.

Naturalmente, se cruzaban con frecuencia por los pasillos de la mansión; era inevitable, porque casi todos los despachos estaban en la misma zona. Pero mantenía las distancias.

–¿Qué te pasa?

Erica se sobresaltó al oír la voz de Melissa. Estaba tan sumida en sus preocupaciones que se había olvidado de ella.

–¿Cómo? Ah, no es nada... pensaba en el trabajo.

Melissa le dio una palmadita en el hombro y dijo:

–Ya.

Las dos mujeres habían pasado por la sala de masajes, se habían dado un tratamiento facial y ahora descansaban en la piscina, sin más objetivo que relajarse un poco. Desgraciadamente, Erica tenía demasiadas cosas en la cabeza.

–Reconozco esa mirada –continuó Melissa–. No estabas pensando en el trabajo. Estabas pensando en un hombre.

Erica estuvo a punto de negarlo. Nunca había sido una de esas mujeres que confesaban todos sus secretos a las amigas; y por otra parte, no quería admitir que le gustaba un hombre que no sentía lo mismo por ella.

–No creo que me apetezca hablar de eso.

—¿Para qué sirve una hermana si no le puedes abrir tu alma y esperar su consejo o un comentario mordaz, según corresponda? –bromeó.

Erica sonrió a Melissa y se alegró de tener una hermana. Jamás habría imaginado que le pudiera gustar tanto. Ni que llegaran a establecer una relación tan estrecha en tan poco tiempo.

—Está bien, te lo diré.

Miró a su alrededor con nerviosismo, para asegurarse de que se encontraban solas. Melissa se dio cuenta y dijo:

—Tranquilízate. Esta tarde, la piscina es exclusivamente nuestra. Te recuerdo que soy la gerente del balneario.

—Es verdad.

—Pues habla de una vez.

—Digamos que tengo un problema con un hombre.

—Sí, ya me había dado cuenta de eso –dijo Melissa, apretándose contra los chorros de burbujas–. Pero podrías dar más información...

—Está interesado en mí, pero no quiere comprometerse.

—¿Cuál es el problema?

—Bueno, es una historia larga...

Erica no quería mencionar al hombre en

cuestión ni sus motivos para mantener las distancias con ella. No estaba segura de que Melissa fuera consciente de la cláusula de su contrato y del testamento de Don.

–Una historia que no quieres compartir
–No es exactamente eso.
–¿Está casado? ¿Sale con alguien?
Erica frunció el ceño.
–No, en absoluto. Si estuviera con otra persona, no habría cometido el error de encapricharme de él.
–Está bien, veámoslo desde otro punto de vista... ¿Quieres tener a ese hombre?
–Sí, por supuesto que sí.
Melissa rió.
–Pues tenlo. O inténtalo al menos.
–¿Y mi dignidad? ¿Y mi orgullo? ¿Se supone que debo seguirlo por ahí como una perra en celo mientras él me rechaza una y otra vez?

Melissa se apartó el pelo de la cara y la miró con ironía.

–Querida hermana, la gente es muy previsible con estas cosas. Si él te desea, tienes lo más importante. No sé por qué te rechaza, pero es obvio que no quiere rechazarte. Sólo tienes que apretarle las tuercas para que no pueda ningunearte con tanta facilidad. ¿O es que quieres ponérselo fácil?

Erica suspiró.

–No sé qué hacer... –confesó.

–Es asunto tuyo, desde luego; pero si yo estuviera en tu lugar, iría a por él sin dudarlo un momento.

Melissa lo dijo con tanta vehemencia que Erica se preguntó si estaba hablando en sentido metafórico o si se estaba refiriendo a una experiencia propia. Pero los chorros de burbujas se cortaron en ese instante y el silencio las rodeó.

–Lo pensaré –dijo.

Erica salió del agua y alcanzó una toalla.

–En lugar de pensar tanto, besa a ese hombre un poco más –le aconsejó Melissa–. Pero en fin, tú sabrás lo que haces.

Mientras se dirigían al vestuario, Erica pensó que su hermana tenía razón. Cometía un error al facilitarle las cosas a Christian. Si quería estar con él, tendría que presionarlo un poco y conseguir que cambiara de actitud. A fin de cuentas, ya había probado la estrategia contraria y no había surtido efecto.

Seguiría el consejo de Melissa y le haría sentirse tan miserable que no sería capaz de rechazarla. Sólo tenía que poner el plan en marcha. Y qué mejor día que ese, después de haber pasado tres largas y relajantes horas en el balneario.

***

Christian lanzó una piedra al río. Cuando se hundió en las aguas, pensó que aquella piedra era como él; llevaba dos semanas hundido en la desesperación, y cada día que pasaba, se sentía peor.

Siempre había sido feliz en Jarrod Ridge. Había viajado por todo el mundo sin encontrar ningún lugar que le gustara tanto. Pero las cosas habían cambiado.

Ahora se sentía vacío todo el tiempo.

Por culpa de Erica Prentice.

Estaba tan obsesionado con ella que la veía constantemente. Cuando no se cruzaban en la mansión, cerraba los ojos y veía su imagen.

—No tienes buen aspecto.

Christian se sobresaltó al oír la voz de Erica a sus espaldas.

Giró la cabeza y la miró. Llevaba una falda amarilla que le llegaba a la mitad de los muslos y un top verde, de manga corta, que se ajustaba perfectamente a su figura.

—¿Quieres que te deje a solas con tus problemas? —preguntó mientras caminaba hacia él—. ¿O prefieres que te acompañe?

—Preferiría estar solo.

Christian mintió. Lo dijo porque tenía miedo de dejarse llevar si se quedaba con él.

–Qué lástima, porque me apetecía estar con alguien –dijo ella, echándose el cabello hacia atrás.

–¿Qué estás haciendo aquí?

Erica se encogió de hombros.

–He venido a ver el río.

–¿Y sólo puedes verlo en este sitio? Te recuerdo que el río cruza toda la propiedad del complejo hotelero.

Ella sonrió.

–Lo sé, pero este sitio me encanta.

Él apretó los puños un momento y respiró hondo, pero fue un error porque captó el aroma de Erica. Olía a melocotón, a flores y a un montón de cosas suaves y bellas.

–Está bien, disfruta de la vista. Yo me voy.

–Entonces, me iré contigo.

–¿A qué estás jugando, Erica?

Ella sacudió la cabeza y lo miró a los ojos.

–Ya no estoy jugando a nada, Christian; de hecho, estoy cansada de juegos. He venido porque te deseo y porque sé que tú me deseas a mí.

Christian suspiró, desesperado.

Erica se acercó y le puso las manos en el pecho.

–¿Por qué me haces esto? –pregunto él.

–Porque si no lo hago yo, tú no harás nada.

Erica se puso de puntillas y le besó suavemente en los labios.

En ese instante, Christian supo que estaba perdido. No tenía más remedio que rendirse a ella. Aunque le hubieran apuntado con una pistola, no habría podido hacer otra cosa.

Ella era todo lo que necesitaba, todo lo que deseaba, todo lo que le importaba, todo en lo que pensaba.

Cabía la posibilidad de que se arrepintiera después; pero de momento, estaba perdido.

La abrazó con tanta fuerza como si tuviera miedo de que se marchara y la besó con toda la desesperación que había acumulado durante los días anteriores.

Una y otra vez, su lengua la reclamó con movimientos que imitaban lo que deseaba hacer entre sus muslos. Entraba y salía de ella; la acariciaba, cambiaba de ritmo, tomaba todo lo que quería y se entregaba por completo.

Una suave brisa de verano los acarició. Christian llevó las manos al dobladillo de la camiseta y tiró de ella hacia arriba, hasta quitársela.

Ella rió encantada al sentir el viento en su piel y en su cabello. Christian pensó que nunca la había visto más hermosa; pero necesitaba más.

Le desabrochó el sostén y llevó las manos a sus pechos desnudos. A continuación, le acarició los pezones y ella se arqueó debajo de sus manos, sus dedos, ofreciéndose por entero a él, mientras los rayos de sol jugueteaban con las sombras en la superficie de su cuerpo.

La respuesta entusiasta de Erica avivó el fuego que prendía en Christian, que inclinó la cabeza y le succionó primero un pezón y luego, otro.

Ella gimió y suspiró mientras él lamía y mordisqueaba con suavidad. Se sentía tan bien que llevó las manos a su pelo y lo aferró como instándole a seguir adelante, a no apartarse de ella, a no romper nunca el contacto de su boca.

Pero no corría ningún peligro.

Christian ya no podía pensar. Había traspasado la última línea y no podía retroceder. Necesitaba tomarla allí mismo, sin esperar un segundo.

Succionó una vez más, levantó la cabeza y la tomó de la mano.

–Ven conmigo.

Erica lo siguió, confusa.

–¿Cómo? ¿Adónde?

–Aquí mismo. Cerca.

Ella soltó una risita.

–¿Has venido preparado?

Él sonrió. Se sentía mejor que en varias semanas.

–A veces, cuando hace calor, vengo a dormir al río. Tengo un par de mantas a mano –le explicó.

–Me alegro.

Christian la llevó hasta un lugar apartado. Después, alcanzó una de las mantas, la tendió en la hierba y la besó otra vez antes de tumbarse con Erica.

–Desnúdate –dijo él.

–Y tú –le urgió ella.

Erica se quitó la falda y las braguitas con un movimiento rápido. Después, se libró de los zapatos y se volvió a tumbar como si fuera una ofrenda a los dioses.

Christian no tardo mucho más en quedarse desnudo. La besó en la boca y empezó a acariciar su cuerpo dulcemente, explorando cada una de sus curvas. Ella le acarició la espalda y el costado, excitándolo un poco más. Él bajó una mano, pasó por encima de su pubis y la llevó directamente a su entrepierna.

Erica separó los muslos y arqueó las caderas, invitándolo a entrar en ella. Christian le metió un dedo y la acarició suavemente hasta que ella susurró su nombre con una desesperación y una ansiedad tan intensas como las que él sentía.

—No esperes más, Christian. Tómame ahora —le rogó—. Quiero sentirte dentro de mí. Lo necesito. Te necesito.

—No, no esperaré.

Christian se arrodilló entre las piernas de Erica y los separó más todavía, sometiéndola a su mirada.

—Por favor, Christian... Hazlo ya.

—Como quieras.

La penetró con un movimiento rápido y en ese momento supo que estaba dentro de la única mujer que le importaba.

Se empezó a mover. Cada vez que entraba y salía de ella, notaba una caricia increíblemente cálida y húmeda. Erica cerró las piernas alrededor de su cintura y apretó como si no tuviera bastante y quisiera sentirlo tan dentro como fuera posible.

—Abre los ojos —ordenó él.

Ella abrió los ojos y lo miró. Rebosaban deseo.

Alzó las manos y las puso en el pecho de Christian mientras él aumentaba la velocidad de las acometidas. Erica emuló su ritmo y se dejó llevar.

Y así, juntos, corrieron hacia un final que habían estado postergando durante semanas. Corrieron, llegaron al abismo y cayeron en él.

Capítulo Nueve

Estaba agotada.
Cada célula de su cuerpo gemía de satisfacción y de puro placer. Sus piernas temblaban y los brazos le pesaban tanto como si fueran de plomo. Christian se había quedado tumbado sobre ella, pero su peso no le molestaba en absoluto; bien al contrario, haría cualquier cosa para que su conexión no se rompiera nunca, para tenerlo dentro de su cuerpo durante todo el tiempo que fuera posible.

Miró a través de las ramas del árbol que tenían sobre sus cabezas y contempló el azul oscuro del cielo. El sol se estaba ocultando y se empezaban a ver las estrellas. A su lado, el río seguía su curso. Sobre la manta, el mundo se había detenido.

–Me quitaría de encima –murmuró él–, pero no sé si puedo.

Ella sonrió, encantada de tener su afecto y su deseo. Christian era mucho más interesante de lo que había pensado cuando se conocieron; bajo su apariencia profesional, se ocultaba un hombre complejo y profundo.

–Yo no quiero que te apartes. Me gusta el contacto de tu cuerpo; adoro tenerte dentro de mí –confesó.

Justo entonces, Erica supo que se había enamorado.

Sonrió para sus adentros y se dijo que no había duda alguna. Aquello era amor. Era algo tan obvio y tan descarado que le extrañó no haberlo sabido antes.

Pero no importaba cuándo ni por qué hubiera sucedido. Además, tenía la impresión de que se conocían desde siempre; los días, las semanas, el tiempo en suma, perdían su sentido cuando estaba con él.

Le acarició la espalda con suavidad. Christian gimió, levantó el tronco y se apoyó en los codos.

–Cuando me tocas, no puedo pensar –dijo.

Christian seguía dentro de su cuerpo. De hecho, se hundió un poco más en él antes de mirarla a los ojos y añadir:

–Ni puedo pensar ni, por lo visto, pienso. No sé si te has dado cuenta, pero me temo que hemos hecho el amor sin protección.

Ella soltó un grito ahogado. No se había dado cuenta. Acababa de cometer el acto más irresponsable de su vida.

–Maldita sea –continuó él–; no lo puedo creer. ¿Cómo he podido ser tan estúpido? ¿Cómo es posible que… ?

–Es verdad. Hemos cometido un error, Christian; pero es tan mío como tuyo –le recordó ella–. Además, dudo que sea un error catastrófico. No estoy en la época más adecuada del mes, de modo que…

–Bien, bien –dijo Christian, nervioso–. Pero tenemos que ser más cuidadosos; no podemos arriesgarnos de esa forma.

–No, no podemos. Pero si sales de mí en este momento, te juro que te mataré.

Él sonrió y la besó.

–Bueno, si quieres arriesgarte otra vez, quién soy yo para negártelo…

–Por ti, me arriesgaría a cualquier cosa –declaró Erica–. Pero no pienses tanto. Pensar en exceso no sirve de nada.

–Es verdad –murmuró–. No quiero pensar. Sólo quiero sentir.

–Sí, sentir… –dijo ella mientras lo acariciaba.

–Y no hay mejor sensación que una experiencia nueva.

Christian la agarró de la cintura y la sentó sobre él sin salir de su cuerpo. Erica gimió y echó la cabeza hacia atrás, encantada, al caer en la cuenta de que él se había vuelto a excitar. Instintivamente, movió las caderas y aumentó la fricción hasta que Christian susurró su nombre y cerró las manos en sus caderas, con fuerza, para que dejara de moverse.

Erica lo miró. Después, le dio un beso en la boca y apoyó las manos en sus hombros. No estaba dispuesta a permanecer inmóvil.

Bajo la luz suave del anochecer, empezó a mover las caderas arriba y abajo, aumentando el ritmo poco a poco, sin prisa. Él no dejó de mirarla en ningún momento mientras ella se movía, tomándolo, reclamándolo.

La tensión y la necesidad se fueron acumulando irremediablemente. Erica siguió adelante hasta que notó que Christian estaba a punto de llegar al orgasmo; sólo entonces, se dejó llevar y se rindió a su propio clímax.

Cuando ya sentía las primeras oleadas de placer, oyó que pronunciaba su nombre.

–Erica...

Después, se deshizo en ella.

No podía haber sido más perfecto.

Erica tenía la sensación de que habían pasado varias horas cuando Christian preguntó:

–¿Tienes frío?

Ella se estremeció, pero no precisamente por la temperatura.

–No. No tengo frío.

–De todas formas...

Christian alcanzó el borde de la manta y la extendió sobre su cuerpo.

Erica se puso de lado y apretó la cabeza contra el pecho de Christian. A continuación, le acarició con tanta sensualidad que él soltó una carcajada.

–Si me tocas así, no volveremos nunca a la mansión –advirtió–. Te tendré conmigo toda la noche.

–Si eso es una amenaza, es la peor amenaza que me han hecho –se burló ella–. Me parece una idea fabulosa... Ahora mismo creo que jamás me podría cansar de ti.

Él la besó con fuerza y se volvió a tumbar.

–Qué puedo decir ante eso...

–Di que no te arrepientes.

–Sería un idiota si me arrepintiera –susurró.

Erica sonrió y suspiró un poco, disfrutando de la brisa, del sonido del río y de la suave noche de verano que caía sobre ellos.

Se sentía completa.

–No es que me queje de lo que ha pasado, pero ¿cómo sabías que estaría aquí? –preguntó Christian.

—Melissa lo dejó caer. Me comentó que venías muy a menudo en noches como ésta —contestó.

Él no dijo una sola palabra, pero su cuerpo adquirió una tensión diferente y Erica supo que algo había cambiado.

—¿Christian?

Christian se sentó y se frotó la mandíbula.

—¿Melissa sabe que has venido a verme?

—Sí, claro; sabe que te estaba buscando.

De repente, ella tuvo frío de verdad. Alcanzó la manta y se tapó con ella.

Christian se levantó, alcanzó la ropa de Erica y se la lanzó.

—Lo que faltaba —dijo—. Anda, vístete.

Ella lo miró confusa.

—¿Qué te pasa ahora? ¿Por qué te comportas así?

—Es increíble... —murmuró él.

Erica se vistió rápidamente y se levantó para ajustarse la falda. Él miró a su alrededor en busca de su camisa; estaba colgando de un arbusto.

—¿Qué ocurre? —insistió ella.

Él se puso la camisa y se pasó una mano por el pelo.

—Ya te he dicho que no puedo salir contigo. Trabajo para el hotel de los Jarrod y tú eres una Jarrod. Si se corre la voz de que estamos juntos, perderé el empleo. ¿Y sabes lo que te pasará a ti? Que perderás a tu hermana.

Erica respiró hondo. Se sentía como si Christian le hubiera pegado una bofetada. Le parecía increíble que sólo le importara su empleo.

–Descuida, Christian, tu reputación está a salvo. Melissa no sabe por qué quería verte. ¿Qué crees? ¿Qué he puesto carteles por todo Jarrod Ridge para que la gente sepa que pretendía seducir a un hombre que me evitaba? –preguntó, furiosa.

–Maldita sea, Erica…

–Tranquilízate, Christian. ¿No quieres que la gente sepa que estás conmigo? Pues no te preocupes por eso; yo tampoco ardo en deseos de que lo sepan.

Él la miró.

–No es que no quiera que lo sepan; es que no me lo puedo permitir.

Ella asintió y sonrió con sarcasmo.

–Ah, claro… menuda diferencia. Gracias por aclarármelo.

Christian cruzó los brazos sobre el pecho y separó las piernas, plantándose firmemente en el sitio.

–No lo entiendes, ¿verdad? Llevo toda una vida trabajando para el complejo hotelero. No puedo arriesgarlo todo sin más. No quiero perderlo todo.

–Lo comprendo, Christian, pero...

–No, déjame hablar –la interrumpió–. Tú no lo entiendes porque siempre has tenido lo que necesitaras; primero con los Prentice y, ahora, con los Jarrod. Pero yo no tuve tanta suerte. Me hice a mí mismo.

–¿Y crees que yo no? Ya viste el despacho que tenía en San Francisco; era poco más que un agujero... ¿Sabes por qué? Porque mi padre nunca me permitió que trabajara en la empresa de la familia. Yo también me he hecho a mí misma. Y te aseguro que venir a Aspen no ha cambiado las cosas.

–Erica...

–No, ya has dicho lo que tenías que decir; ahora es mi turno.

Él asintió.

–Ya te hablé de mi infancia y mi adolescencia –continuó ella–. Nunca conseguí que me aceptaran; nunca logré recibir el mismo trato que mis hermanos. Nunca recibí una palabra de cariño, un gesto de amor o aprobación. No encontré mi camino hasta que llegué a Aspen.

Christian sacudió la cabeza y suspiró.

–Pero tu caso es distinto, Erica. Con independencia de que los Prentice o los Jarrod te acepten, eres uno de ellos de todas formas. Tienes un hogar, tienes un sitio, tienes una familia. Sigues sin entenderlo.

–Yo no tengo nada; puede que algún día me acepten de verdad y consiga su aprobación, pero mi vida no ha sido un camino de rosas; no ha sido precisamente la vida de una niña mimada. Tú mismo sabes lo mucho que me costó venir a Jarrod Ridge. Tuve que dejar mi empleo y la única vida que conocía. Pero lo hice porque buscaba algo mejor.

–No quiero discutir contigo.

–No, por supuesto que no. Podrías perder.

–Estoy haciendo lo que debo, Erica. Nunca lo entenderás.

–Oh, claro que lo entiendo... ¿Sabes cuál es el verdadero problema? Que eres un maldito cobarde.

Christian caminó hacia ella y la agarró de los brazos.

–Yo no soy un cobarde. No sabes lo que estás diciendo –bramó.

Erica no tuvo miedo de él. Aunque estuviera furioso y fuera mucho más fuerte que ella, lo conocía lo suficiente como para saber que jamás le haría daño.

–Lo sé perfectamente. Lo veo en tus ojos.

Ya has decidido apartarte de mí, rechazar lo que tenemos, negarnos un futuro.

Él la soltó de inmediato y retrocedió.

–Esto no puede volver a pasar, Erica.

–¿Y ya está? ¿Eso es todo?

Christian no dijo nada. Erica se agachó, se puso los zapatos, se incorporó de nuevo y se echó el cabello hacia atrás.

–Después de lo que hemos compartido esta tarde, ¿eres capaz de quedarte ahí y decirme que no quieres que vuelva a suceder? ¿Eres capaz de alejarte de lo que somos ahora y de lo que podríamos ser si nos concedieras una oportunidad?

Christian pensó que no quería alejarse de ella. Con Erica había encontrado una pasión y una paz que nunca habría creído posibles. Cuando la abrazaba, el mundo dejaba de existir. Ya no imaginaba la vida sin ella.

Las horas anteriores habían sido los momentos más bellos de su existencia. Desde que se acercó a él, se sintió como si viviera un sueño donde sólo estaban los dos. Le gustaba tanto que había dado la espalda a todas sus reglas y a todas sus preocupaciones con tal de sentir su magia.

Pero la magia no era real.

Y los sueños no duraban para siempre.

Por mucho que la deseara, corría el peligro de perder todo lo que había conseguido, todo lo que le hacía ser quien era.

Y tenía miedo.

–Lo vas a hacer, ¿verdad? –dijo ella en un susurro–. A pesar de lo que ha pasado hoy, volverás a ser el ejecutivo ejemplar de siempre y te volverás a encerrar en tu cubículo.

Él suspiró. No sabía qué decir; no sabía cómo explicarse.

–Erica...

–No, no te molestes en buscar explicaciones –lo interrumpió con un hilo de voz–. Te vas a arrepentir de haberme rechazado.

Christian la miró a los ojos y estuvo muy cerca de confesarle que ya se estaba arrepintiendo; de hecho, se sentía como si le hubieran robado toda la energía, como si no le quedara una sola gota de sangre en las venas.

Pero no pudo decir lo que ella necesitaba escuchar.

–Te arrepentirás y será demasiado tarde –continuó–. Lo siento por ti, Christian, lo siento mucho. Porque yo te habría amado para siempre.

Erica sacudió la cabeza, se giró y se alejó.

Christian la miró y pensó que su corazón se marchaba con ella.

***

A la mañana siguiente, descubrió que Erica se había ido. Había vuelto a San Francisco en el avión de la familia.

Cuando se encontró con Melissa, su hermana le dijo que Erica pensaba volver y que sólo había ido de visita; pero a pesar de ello, Christian tuvo miedo de haber provocado que renunciara a su nueva familia y a su herencia.

Dos días más tarde, estaba desesperado y hundido en la miseria. No podía dormir; no podía cerrar los ojos sin que su imagen se conjurara al instante. No se podía concentrar ni en la tarea más sencilla.

Su mente se empeñaba una y otra vez en recordar la tristeza de Erica cuando se despidió de él en el río.

–¿Se puede saber qué te pasa?

Christian sacudió la cabeza y miró a Trevor. Estaban en el despacho, dando los últimos retoques a la organización del festival.

–Nada, nada –respondió–. ¿Podemos terminar de una vez? Tengo otros asuntos de los que ocuparme.

–Déjalo. Ya lo terminaré yo solo.

–Muy bien.

Por primera vez en muchos años, Christian no tenía el menor interés por Jarrod Ridge ni por el festival anual. Le daban igual los turistas que abarrotarían Aspen y los negocios que aumentarían la cuenta de beneficios de los Jarrod. Estaba harto de vivir en función de las necesidades de aquella familia.

Incluso había llegado al extremo de rechazar a la mujer que quería por acatar los deseos de un hombre muerto.

Aquello era absolutamente ridículo; tanto, que no sabía si estaba más enfadado consigo mismo o con la situación.

Ya estaba a punto de salir cuando Trevor volvió a hablar.

–¿Qué te preocupa, hombre? Durante los dos últimos días te has dedicado a aterrorizar a los empleados del hotel… Hasta yo empiezo a tenerte miedo.

Christian miró a su amigo y dijo, de mala gana:

–Es que tengo demasiadas cosas en la cabeza.

–¿Quieres hablar de ello?
–No, no quiero.

Trevor lo miró fijamente y asintió.

–Está bien; un hombre tiene derecho a guardar secretos. Pero si cambias de opinión, recuerda que puedes contar conmigo.

Christian asintió. Sabía que hablaba en serio.

–Te lo agradezco mucho. Ya nos veremos después.

Blake llegó al despacho de su hermano en ese momento y tuvo que apartarse a toda prisa para que Christian no se lo llevara por delante al salir.

–¿Qué rayos le pasa? –preguntó.

–No tengo ni idea. No me lo ha querido decir... pero sea lo que sea, parece preocupado –dijo Trevor mientras se volvía a sentar.

–Conozco esa sensación –afirmó Blake.

Por el tono de voz de su hermano, Trevor supo que no lo había dicho por decir.

–¿Qué ocurre, Blake?

–No estoy seguro, pero acabo de ver a Melissa con Shane McDermott y me ha dado la impresión de que son algo más que amigos... ¿Tú sabes algo?

Trevor se echó hacia atrás.

–No. Pero si ese ranchero que tenemos por vecino está interesado en nuestra hermana pequeña, sugiero que los vigilemos.

Blake asintió.

–Es lo mismo que estaba pensando.

***

Después de llevar tres días en su piso de San Francisco, Erica no estaba más cerca de encontrar una solución a sus problemas. Al principio, se dedicó a llorar desconsoladamente; pero más tarde, su tristeza se apagó y se convirtió en ira, que a fin de cuentas era una emoción mucho más manejable.

Se levantó y se acercó a la ventana del salón, desde la que se veía la bahía y el Golden Gate. Había dejado abierta la puerta de la terraza para sentir la brisa fría del mar. Tras pasar tanto tiempo en Colorado, un lugar de espacios abiertos y cielos interminables, se sentía como si la hubieran metido en una jaula.

Le pareció extraño. Aquel piso le gustaba mucho, pero ya no era su hogar.

Miró los cuadros de las paredes y ni siquiera recordó por qué los había puesto allí ni qué había visto en ellos.

Ya no era la misma mujer. Había cambiado. Había crecido. Se había convertido en otra.

Ahora sabía que su lugar estaba en Jarrod Ridge. Lamentablemente, también había descubierto lo que se sentía al amar y perder; lo doloroso que era un corazón partido.

En Colorado había encontrado algo más que una familia; se había encontrado a sí misma. Y la mujer nueva que era necesitaba respuestas a unas preguntas que ya no tenía miedo de formular.

En realidad no había huido de Christian; se había marchado de Aspen porque necesitaba ajustar cuentas con su pasado antes de plantearse un futuro. Sin embargo, ya sabía que su vida estaba en el hotel de las montañas.

Aún no había ido a visitar a su padre, aunque lo tenía previsto; simplemente, necesitaba unos días de descanso para aclararse las ideas.

Pero eso no significaba que tuviera la menor intención de rendirse a las presiones de Walter y esconderse en aquel piso, como si fuera una niña.

Iba a volver.

Volvería a Jarrod Ridge en cuanto supiera lo que necesitaba saber.

Capítulo Diez

A la mañana siguiente, Erica entró en el despacho de Walter e iba decidida a plantarle cara. Por primera vez en su vida, no quería dirigirse a él como hija, sino como una mujer adulta que exigía respeto.

En cuanto la vio, Walter se levantó del sillón y caminó hacia ella.

—Erica... No me habías dicho que venías...

—No, no te lo había dicho.

Erica miró a Walter y se llevó una sorpresa. Parecía más viejo y vulnerable y le intimidaba menos. Tal vez fuera su imaginación; o tal vez, que ya no lo miraba con los ojos de una niña.

—¿Te encuentras bien?

Walter le dio un abrazo tímido. Fue tan breve que Erica casi no tuvo ocasión de sentir su contacto, pero bastó para que los ojos se le llenaran de lágrimas.

—Necesito saber algo, padre. Y necesito que me digas la verdad.

—Por supuesto.

–¿Me has querido alguna vez?

Él entrecerró los ojos.

–¿Qué clase de pregunta es ésa? ¿Eso es lo que te han hecho creer en Colorado? ¿Los Jarrod te han llenado la cabeza con tonterías y tú les has creído? –preguntó Walter, con incredulidad.

Erica sacudió la cabeza.

–No han dicho ni una sola palabra de ti, padre.

–¿Entonces?

–Te lo pregunto porque necesito saberlo de verdad. ¿Tú me quieres? ¿Me has querido alguna vez? –repitió.

Él apretó los labios con fuerza, como si se resistiera a pronunciar las palabras que ella necesitaba oír.

Erica pasó a su lado, dejó el bolso en el sillón que le quedaba más cerca y se giró otra vez hacia Walter.

–Estoy cansada, padre; cansada y dolida. Empiezo a saber quién soy; pero para tener éxito, necesito saber quién era. ¿Alguna vez he sido una hija para ti? Una hija de verdad, quiero decir.

Walter empequeñeció de repente. Hundió los hombros, bajó la cabeza y se llevó las manos a la cara.

Al notar su dolor, Erica dio un paso hacia

él. Era la primera vez que veía a su padre de esa forma, derrotado.

—Te pareces más a tu madre de lo que imaginas, Erica. Has heredado su belleza y, lo que es más importante, su corazón.

Walter extendió los brazos y la tomó de la mano.

—Claro que te quiero, hija mía —continuó—; siempre te he querido. Y no te querría más si fueras sangre de mi sangre.

Erica sintió una punzada en el pecho.

—Entonces, ¿por qué? ¿Por qué me mantuviste siempre a distancia? ¿Por qué impedías que me acercara a ti? Ni siquiera permitiste que trabajara en la empresa... siempre pensé que me lo negabas porque no me creías suficientemente buena.

—Sé que he cometido muchos errores —admitió—, pero te aseguro que lo hice con la mejor intención. Durante años, tuve miedo de que Don Jarrod se pusiera en contacto contigo y me arrebatara tu cariño; por eso mantuve las distancias... pensé que, si te quería demasiado y me dejabas, el dolor sería insoportable.

Walter se detuvo un momento antes de continuar.

—Luego, los años fueron pasando y decidí alejarte de todo, incluido del negocio de la familia, para protegerte de Donald, mi intención fue siempre protegerte de todo.

–¿Qué? Eso no tiene sentido...

–Lo tenía para mí. Creí que mis temores desaparecerían con el paso del tiempo, pero fue exactamente al revés. Estaba seguro de que aparecería y te llevaría consigo como se había llevado a mi mujer.

–Oh, papá...

Él le apretó las manos con fuerza.

–¿Te das cuenta de que es la primera vez que me llamas papá? Siempre me has dicho padre, no papá.

Erica suspiró y liberó el dolor que había sentido a lo largo de casi toda su vida. Por triste que fuera, se sintió algo mejor al pensar que ninguno de los dos había intentado hacer daño al otro. Habían cometido errores, sí, pero por ambas partes.

Se acercó a él, le pasó los brazos alrededor del cuello y empezó a llorar.

Su padre le dio unas palmaditas en la espalda y murmuró palabras de cariño.

No sirvieron para aliviar su tristeza; pero sirvieron para empezar a curar la herida de su corazón.

***

—¿Eres feliz en Aspen?

Erica, que estaba sentada enfrente de su padre, sonrió. Era la primera vez que Walter demostraba interés por sus sentimientos; pero, a fin de cuentas, aquel día estaba siendo un día inaudito, lleno de «muchas primeras veces».

Se sentía más libre y ligera que en muchos años. Había acertado al marcharse a Jarrod Ridge. Había recuperado el control de su vida, había encontrado su camino e incluso había salvado su relación con el hombre que la había criado desde la infancia.

Pero desgraciadamente, también había perdido a Christian.

—Sí, papá, lo soy. Sé que suena extraño; ni yo misma puedo creerlo... pero allí soy muy feliz. No me refiero únicamente a Aspen, sino a Colorado en general. Es un lugar tan hermoso y con espacios tan abiertos que casi marean cuando los miras. Espero que algún día puedas venir a visitarme.

Él frunció el ceño. No parecía muy contento con la idea, pero dijo:

—Iré, por supuesto que iré. No permitiré que el fantasma de Don Jarrod me aleje de mi hija. No me voy a arriesgar a perderte otra vez.

Erica sacudió la cabeza.

–No me perderás, papá. Eso no es posible. Te quiero.

Él se inclinó sobre la mesa y la tomó de la mano.

–No sabes lo feliz que me haces cuando dices eso. Pero eso no me importa tanto como que seas feliz… porque lo eres, ¿verdad?

Ella tardó un momento en contestar. Se quitó la servilleta que se había puesto durante la comida y la dejó en la mesa.

–Sí, bueno… por lo menos, lo era.

–¿Lo eras? ¿Qué ha cambiado?

–Que me enamoré.

–¿Y te sientes mal por eso? –preguntó.

Erica rió de forma triste.

–No, no.. el amor me hizo más feliz que nunca.

–Pero… –insistió él.

Ella sonrió y asintió.

–Veo que no has perdido tu capacidad de persuasión, papá.

–Es un don –dijo, guiñándole un ojo–. Y ahora, haz el favor de decirme qué diablos le pasa a ese hombre del que te has enamorado. Tiene que estar loco para no darse cuenta de que ha encontrado a una mujer maravillosa.

–No está loco; es que no me quiere lo suficiente.

–¿Cómo que no te quiere?
–Es complicado, papá. Sé que yo le importo, pero no se atreve a dejarse llevar, a renunciar a una posición social... Y eso es un problema. No sé cómo puedo vivir allí, sintiendo lo que siento, cuando estoy condenada a verlo todos los días.
–¿Qué alternativa tienes? ¿Huir? ¿Esconderte en alguna parte? ¿Fingir que no sientes lo que sientes?
–No lo sé –susurró.
–Pues yo, sí.
Walter se puso en pie, la tomó de la mano y la instó a levantarse. A continuación, la miró a los ojos y dijo:
–Eres una Prentice, Erica. Y los Prentice no salimos corriendo ni metemos la cabeza entre las piernas cuando las cosas se nos complican... Si quieres de verdad a ese tipo, encuentra la forma de que asuma sus sentimientos.
Erica le dio un abrazo muy fuerte.
–Te quiero, papá.
–Yo también te quiero, hija mía –dijo en voz baja–. Supongo que te marcharás pronto, ¿no es así?
Ella se apartó y le dedicó una sonrisa.
–Debería irme, sí. El festival empieza la semana que viene y tengo un montón de co-

sas que hacer, sin mencionar el hecho de que debo hablar con cierto individuo.

—No recuerdo que me hayas dicho su nombre.

—No te preocupes por eso; en cuanto arregle las cosas, te lo presentaré –le prometió.

Erica le dio otro abrazo. Después, recogió el bolso y se dirigió a la puerta; pero se detuvo cuando su padre la llamó.

—Erica...

—¿Sí?

Él la señaló con un dedo.

—No olvides nunca quién eres, jovencita. Eres Erica Prentice, mi hija. Y puedes conseguir todo lo que te propongas.

Ella sonrió.

—No podría estar más de acuerdo.

Christian se negaba a vivir de ese modo. No había visto a Erica ni había hablado con ella en varios días. Incluso cabía la posibilidad de que hubiera renunciado a su herencia y decidido quedarse en San Francisco por culpa suya, por el dolor que le había causado, porque él se había portado como un idiota.

Se pasó las manos por la cara y se levantó,

angustiado. Después, se giró hacia el balcón y miró el exterior, pero ni siquiera se fijó en el paisaje; sólo veía la cara de Erica durante su encuentro en el río.

Al recordar su sonrisa y el brillo de sus ojos, tuvo una revelación. Se había enamorado de aquella mujer. Estaba enamorado de Erica Prentice.

Pero había permitido que se marchara y, al permitirlo, le había destrozado la vida. Ahora sólo tenía dos posibilidades: asumir el error y darlo por bueno o hacer todo lo que estuviera en su mano por corregirlo.

–Maldita sea...

Echó un vistazo a su alrededor y contempló su despacho, el lugar que había sido el centro de su vida durante tantos años.

Pero sólo vio vacío.

Y cuando pensó en su futuro, lo encontró tan vacío como el despacho.

Cuando comprendió que había estado a punto de perder lo más importante de todo, se levantó del sillón y cruzó la estancia a grandes zancadas. Necesitaba hablar con el mayor de los hermanos Jarrod. Y sabía dónde encontrarlo.

Veinte minutos más tarde, estaba buscando a Blake entre los trabajadores que daban los últimos retoques a la sala donde se iba a celebrar el festival. Estaba seguro de que lo encontraría allí, en alguna parte.

Cuando lo vio a lo lejos, caminó directamente hacia él.

–Christian... ¿qué estás haciendo aquí? –preguntó Blake–. ¿Has venido a echarnos una mano con los clavos y los martillos?

–No. Necesito hablar contigo.

–Cómo no.

Blake lo llevó a un lugar apartado y se cruzó de brazos.

–¿Y bien? ¿De qué se trata, Christian?

Christian decidió que sólo había una forma de afrontar aquel problema. Sin rodeos de ninguna clase.

–Voy a presentar mi dimisión como abogado de la familia.

Había tomado una decisión y la iba a asumir hasta las últimas consecuencias. No permitiría que Donald siguiera controlando su vida desde la tumba.

–¿Qué has dicho? –preguntó Blake, atónito–. No puedes dimitir... ¿Es que has perdido la cabeza?

–No, yo diría que la he recuperado –contestó, sonriendo–. Pero lo has oído bien. Voy a dimitir con efecto inmediato.

–No podemos dirigir Jarrod Ridge sin ti...

–Ése ya no es mi problema, Blake. Lo siento; no me queda más remedio.

–¿Que lo sientes? ¿Te marchas tan tranquilamente, nos dejas en mitad de este lío y te limitas a decir que lo sientes?

–Vamos, Blake, no es para tanto. Os tenéis los unos a los otros... saldréis adelante, te lo aseguro. Éste es tu hogar.

–También es el tuyo. Tan tuyo como nuestro.

Christian miró a su alrededor y pensó que Blake Jarrod tenía razón. Aquel era su hogar. Pero si su hogar le impedía tener a Erica, renunciaría a él.

–Redactaré la carta de dimisión y se la haré llegar a tu secretaria. Si quieres, te recomendaré a alguna persona que me pueda sustituir.

–No quiero que me recomiendes a nadie –afirmó Blake, frunciendo el ceño–. Quiero que te quedes y que hagas tu trabajo, como siempre.

–No puedo, Blake. No es posible.

–Tienes que seguir con nosotros... Christian, no nos podemos permitir el lujo de perderte. No entiendo nada. Siempre has sido feliz con nosotros. ¿Qué demonios ocurre? ¿A qué viene todo esto?

–A que las cosas han cambiado.

Blake entrecerró los ojos.

–¿Desde cuándo?

Christian no tenía intención de dar explicaciones, pero Blake era amigo suyo y hermano de la mujer de quien se había enamorado. No le podía ocultar la verdad.

Tomó aire y dijo:

–Desde que me encariñé con tu hermana.

–¿Con Melissa? –preguntó, sorprendido.

Christian rió.

–No, en absoluto. Me refería a Erica.

Blake sacudió la cabeza.

–Vaya, vaya… no tenía ni idea.

–No lo sabe nadie, Blake. Y ésa es la cuestión. Que lo he estado ocultando por culpa de mis responsabilidades laborales.

Blake lo miró más confundido que antes.

–¿Tus responsabilidades? ¿Eso qué tiene que ver?

Christian suspiró.

–Sabes tan bien como yo que tu padre no aprobaba la confraternización con los miembros de tu familia.

–Oh, venga ya…

Christian siguió hablando.

–Si mantengo una relación con tu hermana, perderé mi posición en Jarrod Ridge y las acciones de la empresa. La junta directiva se encargaría de ello en cuanto se reunieran –afirmó.

–¿Y vas a renunciar a todo por lo que has trabajado?

–Si tengo que elegir entre eso y Erica, sí.

Blake asintió y sonrió.

–Es evidente que hablas en serio. Pero has cometido un error de juicio.

–¿Un error?

–Por supuesto –respondió–. Los Jarrod no vamos a permitir que dimitas.

–No lo podéis impedir.

–No, pero yo te puedo contratar otra vez en cuanto dimitas. Y cuando te contrate, no tendrás que acatar normas absurdas, serás completamente libre.

–¿Qué… ? ¿Qué estás diciendo?

–Lo que has oído. Todo el mundo sabe que mi padre era un hombre tan duro como caprichoso. Pero ni yo ni mis hermanos somos como él. Por Dios, Christian… Melissa nos mataría si te dejáramos ir.

Christian sacudió la cabeza como si no pudiera creer lo que estaba escuchando. Estaba dispuesto a perderlo todo por marcharse con Erica, y ahora resultaba que no tenía que perder nada.

Pero quedaba lo más difícil: convencerla a ella.

–Cuando estés preparado, redactaremos un nuevo contrato –dijo Blake.
–No sé qué decir...
Blake soltó una carcajada.
–Así que te has enamorado de Erica, ¿eh? Pues ten cuidado con lo que haces, amigo mío. Porque puede que yo tenga mis diferencias con ella, pero no deja de ser mi hermana... Escúchame con atención: si no vas en serio con ella, te aseguro que perder tu empleo será el menor de tus problemas. Ninguno de los Jarrod permitirá que le hagas daño.
–No tengo intención de hacerle daño –afirmó–. De hecho, me quiero casar con ella... pero tengo que encontrar el modo de convencerla.
Blake le ofreció la mano.
–En ese caso, buena suerte. Y bienvenido a la familia.
Christian estrechó la mano de su amigo. Sólo esperaba que su reunión con Erica terminara tan bien como su encuentro con Blake.

Cuando el reactor de los Jarrod aterrizó en el pequeño aeropuerto de Aspen, Erica era una mujer con una misión.

Estaba completamente concentrada. Absolutamente decidida.

Se enfrentaría a Christian y pondría punto final a sus diferencias.

Pero su plan se disolvió como un azucarillo cuando, al bajar por la escalerilla del avión, vio que le estaba esperando un coche. El chófer, un hombre de cabello negro y canoso, sonrió y le dio un sobre.

Erica lo abrió con curiosidad mientras el chófer guardaba sus equipaje en el maletero del vehículo. Contenía una nota manuscrita cuya letra reconoció al instante. Era de Melissa y sólo decía así:

Sube al coche y no hagas preguntas.

Erica tuvo un acceso de irritación; ahora tendría que retrasar el encuentro más importante de su vida.

Sin embargo, se tragó su decepción y se dijo que Christian podía esperar un poco más. Si Melissa se había tomado la molestia de enviarle una nota, sería porque había surgido algo importante.

–Está bien –dijo al conductor–. Supongo que será mejor que nos pongamos en marcha.

–Como usted quiera, señorita.

El chófer le abrió la portezuela, esperó a que se acomodara en el interior y se sentó al volante. Minutos después, cuando ya se dirigían a Jarrod Ridge, Erica se preguntó qué querría su hermana. La había llamado por teléfono para informarle de que volvía a casa y no le había comentado nada.

A casa.

Pensó en ello y sonrió para sus adentros. Sólo habían transcurrido unas cuantas semanas desde que vio Jarrod Ridge por primera vez, pero aquel lugar se había convertido en su verdadero hogar.

Además, ya no era la misma de antes. Ya ni siquiera era una chica de ciudad. Aún tendría que volver a San Francisco para vender el piso y organizar la mudanza de sus enseres, pero había dejado el trabajo y estaba decidida a hacer su vida en Aspen.

Mientras contemplaba el paisaje de Colorado, pensó en Christian. Le preocupaba lo que pudiera pasar entre ellos; pero pasara lo que pasara, al menos le habría confesado lo que sentía por él. Y si insistía en rechazarla, no tendría más remedio que pasar otra temporada en el infierno. Hasta que el abogado cambiara de opinión.

Llegaron al hotel en muy poco tiempo. Erica supuso que el chófer se dirigiría a la entra principal, pero tomó un camino secundario que no conocía. Cuando se dio la vuelta y miró por el parabrisas trasero, vio que la mansión desaparecía entre la nube de polvo que el coche levantaba.

–¿Adónde vamos? –preguntó a pesar de la nota de Melissa.

–No se preocupe. Llegaremos en dos minutos.

El bosque se volvió más denso. Como no reconocía la zona, pensó que aún tenía muchos sitios por explorar.

Por fin, el coche se detuvo. El chófer salió, le abrió la portezuela y dijo:

–Siga recto, señorita. No tiene pérdida.

Antes de que pudiera preguntar, el conductor volvió al interior del coche y se alejó a toda prisa.

–Lo que me faltaba. ¿Qué está pasando aquí?

En ese momento, oyó un sonido muy familiar. Eran las aguas del río.

Su corazón se aceleró y sintió un vacío en la boca del estómago. Pero sacó fuerzas de flaqueza y empezó a andar.

Segundos después, distinguió una manta extendida bajo los árboles. Hasta entonces no se había dado cuenta de que el chófer la había llevado al escondite secreto de Christian.

Junto a la manta había una cubeta con lo que parecía ser una botella de champán. Y junto a la cubeta, una cesta de la que sobresalía una barra de pan.

Erica respiró hondo y se asustó cuando Christian apareció de repente.

—¿A qué viene esto? —acertó a preguntar.

—Necesitaba hablar contigo y pensé que éste era el mejor lugar. Al fin y al cabo, es nuestro sitio.

Nuestro sitio. Christian lo había dicho así, en primera persona del plural.

Inmediatamente, sintió que su esperanza renacía. Pero no quiso hacerse ilusiones; cabía la posibilidad de que la hubiera llevado allí para decirle que no estaba enamorado de ella, pensando que el golpe sería menos duro si se lo confesaba en un lugar tan familiar.

—Yo también quiero hablar contigo.

—De acuerdo. Pero deja que hable yo antes.

Christian se acercó, pero ella retrocedió con rapidez porque sabía que si la tocaba, se quedaría sin palabras y no querría otra cosa que su contacto.

—No, concédeme la posibilidad de hablar primero. He estado pensando durante todo el camino y necesito soltarlo de una vez.

-Está bien, adelante.

Ella asintió, señaló la manta y la cesta y dijo:

-Si me has traído aquí para despedirte de mí, olvídalo.

-¿Para despedirme de ti? -preguntó Christian, que intentó tocarla.

Erica se apartó de nuevo y él suspiró con frustración.

-Erica, yo no...

-Todavía no he terminado.

-Bien, di lo que tengas que decir.

-No me voy a ir a ninguna parte, Christian. Voy a quedarme en Jarrod Ridge y tendrás que verme y trabajar y hablar conmigo todos los días. Y todos los días te voy a recordar lo bien que estamos juntos... o lo bien que estaríamos si tuvieras el valor de tomar la decisión correcta. Pero no creas que se me pasará con el tiempo; insistiré hasta convencerte, aunque tarde veinte años, no tengo ninguna prisa.

Los ojos de Erica se humedecieron.

-No, Erica. No llores, por favor -le rogó.

Ella sacudió la cabeza.

-No estoy llorando. Estoy discutiendo contigo. Es que las discusiones me ponen sentimental -bromeó.

Él sonrió.

–Sí, ya lo veo. Pero si ya has terminado de hablar, ¿puedo decir algo?

Ella miró la botella de champán y respondió:

–Supongo que sí.

–Me alegro, porque no será necesario que insistas durante veinte años. Ni siquiera durante veinte minutos.

–¿No?

Christian se plantó ante ella en tres largas zancadas. Cuando la miró a los ojos y vio el amor que contenían, se preguntó cómo era posible que se hubiera creído capaz de vivir sin ella, de sobrevivir a su ausencia.

No, no habría sido capaz.

–Mientras tú estabas en San Francisco, fui a hablar con Blake y presenté mi dimisión como abogado de la familia.

–¿Cómo? ¡No puedes hacer eso! ¡No permitiré que renuncies a todo lo que has conseguido por culpa de un hombre que no era más que un cretino medieval! Si Blake no ha rechazado tu dimisión, te aseguro que...

Christian soltó una carcajada y pensó que la vida con Erica Prentice iba a ser verdaderamente fascinante.

–No tienes que hacer nada, Erica. Blake se negó a aceptar mi dimisión –afirmó–. Bueno, no fue exactamente así, pero casi...

aceptó mi dimisión con la condición de contratarme de nuevo. Y esta vez, sin cláusulas absurdas.

–Entonces, ¿no te vas?
–No.

Ella lo miró con incertidumbre.

–¿Y no te vas a alejar otra vez de mí?
–Tampoco.

Christian la tomó entre sus brazos y ella se aferró a él. En ese momento, Christian supo que todo iba a salir a pedir de boca.

–No volveré a dejarte nunca más –continuó–. Te amo, Erica. Te amo desde que te vi por primera vez. Cuando te marchaste a San Francisco y...

Christian se detuvo un momento. La miró a los ojos, alzó una mano y le acarició el cabello antes de continuar.

–Cuando te marchaste a San Francisco, te llevaste mi corazón. Supe que ninguna de las cosas que tenía, ninguna de las que había conseguido con mi trabajo, tendrían valor si no estabas a mi lado.

Ella suspiró y le dedicó una sonrisa preciosa.

–Christian, te quiero tanto...
–Menos mal –murmuró.

Erica rió suavemente.

–Y yo que pensaba que tendría que discu-

tir contig
que estab
 —No h
 Christ
sacó una
lo rojo.
tenido.
 La lu
diaman
y se lo
día hac
risa de
 —Al final me de dado
 —¿De qué? —preguntó, confundida.
 —De que tú eres lo único que necesito; de que si te tengo, lo tengo todo; de que si no estoy contigo, no soy nada.
 —Oh, Christian...
 Erica derramó unas lágrimas que descendieron por sus mejillas. Pero su sonrisa era tan radiante como el diamante del anillo.
 —Cásate conmigo, Erica. Formemos una familia.
 —¡Sí! —exclamó ella entre risas de alegría—. Sí, claro que me casaré contigo... Y te prometo que te amaré siempre.
 Él la besó con pasión. Después, se apartó un poco y sonrió.
 Erica pasó los brazos alrededor de su cue-

ras Christian le daba

minó ante sus ojos, con-
ancha de colores. Pero en
quella mancha, estaban jun-

ebía ser.

En el Deseo titulado
Como en los viejos tiempos, de Tessa Radley,
podrás continuar la serie
LOS JARROD

Deseo

Un amor de lujo

NATALIE ANDERSON

Bella siempre se había sentido como el patito feo de su familia, pero después de una noche con el increíblemente sexy Owen, se sintió como un hermoso cisne. Claro que eso fue hasta que se dio cuenta de que Owen no era el tipo normal y corriente que ella había creído... Cuando descubrió que era multimillonario, le entró verdadero pánico, porque ésa era justamente la clase de hombres a los que solía evitar.

Sin embargo, Owen no estaba dispuesto a dejar que Bella volviese a esconderse en su caparazón. Dos semanas de placer en su lujoso ático, y pronto la tendría pidiéndole más...

¡A merced de un ardiente millonario!

¡YA EN TU PUNTO DE VENTA!

Acepte 2 de nuestras mejores novelas de amor GRATIS

¡Y reciba un regalo sorpresa!

Oferta especial de tiempo limitado

Rellene el cupón y envíelo a
Harlequin Reader Service®
3010 Walden Ave.
P.O. Box 1867
Buffalo, N.Y. 14240-1867

¡Sí! Por favor, envíenme 2 novelas de amor de Harlequin (1 Bianca® y 1 Deseo®) gratis, más el regalo sorpresa. Luego remítanme 4 novelas nuevas todos los meses, las cuales recibiré mucho antes de que aparezcan en librerías, y factúrenme al bajo precio de $3,24 cada una, más $0,25 por envío e impuesto de ventas, si corresponde*. Este es el precio total, y es un ahorro de casi el 20% sobre el precio de portada. !Una oferta excelente! Entiendo que el hecho de aceptar estos libros y el regalo no me obliga en forma alguna a la compra de libros adicionales. Y también que puedo devolver cualquier envío y cancelar en cualquier momento. Aún si decido no comprar ningún otro libro de Harlequin, los 2 libros gratis y el regalo sorpresa son míos para siempre.

416 LBN DU7N

Nombre y apellido	(Por favor, letra de molde)	
Dirección	Apartamento No.	
Ciudad	Estado	Zona postal

Esta oferta se limita a un pedido por hogar y no está disponible para los subscriptores actuales de Deseo® y Bianca®.
*Los términos y precios quedan sujetos a cambios sin aviso previo.
Impuestos de ventas aplican en N.Y.

SPN-03   ©2003 Harlequin Enterprises Limited

Bianca

La experiencia le había enseñado que todas las mujeres tenían un precio

La camarera Zara Evans no pertenecía a la alta sociedad. Al menos, hasta que, sin esperarlo, asistió a una fiesta y cautivó al hombre más deseado del lugar: el oligarca ruso Nikolai Komarov, atrayendo toda su atención…

Para Nikolai, había algo en la belleza de Zara que hacía que sobresaliera de las demás. Era la primera vez que conocía a alguien como ella, una joven demasiado orgullosa, independiente y obstinada como para dejarse comprar…

Hielo en el alma

Sharon Kendrick

¡YA EN TU PUNTO DE VENTA!

Deseo

El amor del multimillonario

ELIZABETH BEVARLY

Había levantado un imperio a base de trabajo y una voluntad de hierro, pero la reputación de Gavin Mason estaba siendo cuestionada. Todo porque se parecía a un personaje de un bestseller de Violet Tandy. Violet iba a tener que darle muchas explicaciones, aunque no se conocían de nada...

¿Sería de verdad ficción la novela de la ingenua Violet?

[8]

¡YA EN TU PUNTO DE VENTA!